# 暮らしを支える言葉の力

## 生きづらさを感じる方へ捧ぐ

堀江 美州

# まえがき

哲学者で俳人の大峯あきら氏（一九二九年〜二〇一八年）が、『俳句』（角川学芸出版　二〇一三年八月号）に書かれています。「人間が言葉の中に生きているのは、魚が水の中で生きているのと同じである。どんな賢い魚にも、水があるのは当り前で、その存在の謎に驚くことはない。しかし、水の外に出た魚は生きられずに死ぬ。人間にとって言葉とは、そういうものなのである」と。

人は二足歩行を開始するのと合わせて脳が発達し、言語を操るようになりました。人には考える力、そして考えたことを言葉として発信する力があり、これが人が動物と異なる点でしょう。ところで、人にとって言葉が天与のものだとして、人は言葉とうまく折合いをつけられているでしょうか。実生活で言葉に傷ついたり、言葉に苛まれたりすることが多々あります。しかし、言葉に励まされたり、言葉に勇気をもらい、前に踏み出す力を与えられることもそれに劣らず多くあると思います。

人を裏切る言葉が氾濫すると、言葉はその本来持つ力を失ってしまいます。しかし、長い歴史の中で、人が信じ合え、信頼し合えた時には言葉の力が働き、また言葉が力を持ち、輝く場面が数多くあったであろうことは、想像に難くありません。

これまで私自身が、生活を維持・向上させる上で、多くの言葉から力をもらったことは、隠しようのない事実であります。『暮らしを支える言葉の力』というタイトルで、この度、言葉に関する分析や体験談をエッセイ集としてまとめることとしました。一つ一つのエッセイの中で、自分が様々な体験を通じて「言葉の力」の存在を感じたこと、また「言葉の力」に感動したことを紹介させていただきました。一つでも多くのこの体験が読者の方々に伝わり、一人でも多くの方々に共感してもらえましたら、幸いです。

私は、平成二一年四月から二三年三月末までの二年と、平成二六年四月から二七年三月末までの一年の計三年間、単身赴任生活を経験しました。この時ほど、「言葉の力」というものを身近に感じ、この力に励まされたことはなかったように思います。そして、本書の各エッセイを書き綴った時期は、平成二一年（二〇〇九年）から、職を退いた令和四年（二〇二二年）にかけてであり、本書はその間に体験し、感じ、考えたことを中心にとりまとめています。また、各章の項番ごとのエッセイは、執筆した順に並べています。が、どのエッセイからでも、興味深いタイトルのものから読んでいただければと思います。

この本が、言葉の持つ力により生きる力を得る、若しくは生きる力を養う契機となり、また、暮らしを支え、改善する因（よすが）となれましたら、望外の幸せです。

令和四年一二月吉日

# 目次

## 第三章　勇気を得た言葉の数々……140

# 暮らしを支える言葉の力

二〇一〇年代の日本は閉塞感に満ちていましたが、その状況は今も続いています。二〇二〇年に入り、新型コロナウイルス感染症が世界的に大流行となり、それを契機に人々の生活が変容しようとしています。この間、日本では少子高齢社会が加速し、経済はマイナス成長からの好転が困難な状態から抜け出せずにいます。政治はもとより、社会を成り立たせていたコミュニケーションの手段としての言葉がその力を弱め、言葉を媒介とした人と人との信頼関係が成り立ちにくくなっているのではないでしょうか。

この本では、まず第一章で、そもそも言葉の持つ力とは何なのかを考え、その本質に迫ります。言葉の力について三つの視点からアプローチし、言葉の力とはどういうものなのかを一緒に考えてみたいと思います。

第二章では、わが国の将来に向け、課題の多い現状打開の一方策として言葉の持つ本来の力を取り戻すことが有効との観点から、そのヒントとなる言葉の具体例を紹介しています。私が体験して感じ、考えたものの紹介ですが、今の社会の閉塞感に生きづらいと感じる方々に、その一歩を踏み出すきっかけとなってもらえればと思います。そして第三章は、私自身がこれまで力を得た数々の言葉のうち、その代表的なものを紹介します。この章は、言葉の力に励まされた自身の実体験を中心に綴ったものであり、同様な体験をされた方などに共感いただければと思います。

なお、第一章においても、表題に応じ自身の体験に基づく言葉の力に関する具体例を紹介しています。これらの言葉に関する具体例は、全部で六十六本のエッセイの形を採っています。この本では、「暮らしを支える言葉の力」というテーマを以て、それらのエッセイの一つ一つを通じ言葉の力とは何かを解き明かすとともに、実際に言葉の力というものを感じていただければ、と思います。

# 第一章　言葉の力

第一章では、言葉の力の本質について分析を試みます。私は言語学者ではありませんので、科学的なアプローチではなく、実体験を積み重ねることにより、言葉の力とは何かというテーマに迫ってみたいと思います。

五十歳を過ぎた頃から、私は論語にいう「天命を知る」年齢というものを意識するようになりました。そんな中で、日々出会う言葉に励まされたり、暮らしの中で言葉の意味を噛み締めることが多くなりました。二〇〇九年四月、五十二歳の時、転勤で東京へ単身赴任することになりましたが、それをきっかけに俳句を本格的に始めました。そのことが私の言葉についての関心を一気に高めたように思います。

そこで、二〇〇九年から二〇二二年にかけて私が体験したことや感じ、考えたこと、また学んだことを、言葉の力に関する具体例として紹介することにより、言葉の力の本質について考えてみることとしたいと思います。

# 視点1　言葉の力とは

## ●言葉が力を持つ仕組み

言葉が心に染みる、脳幹を刺激するという体験はだれにでもあることでしょう。その言葉の意味をよく味わい、結果として人を行動に向かわせる、そういう力が言葉にはあると思います。ここでは、社会に貢献されている方、世界で活躍されている方の発した言葉で、また近年頻発する災害の被災地に関わる言葉で、私の心に印象深く残った言葉を紹介します。さらに俳句という文芸における言葉の力について、実体験をもとに採り上げます。これらにより、言葉が力を持つ仕組みについて考えてみたいと思います。

言葉の力を考える上で大事なことの一つは、言葉は発する者の一方的な思いだけで伝わるものではないということです。言葉の力とは、受け止める者が感じ入り、何らかの行動につながるといった双方向の力に裏打ちされたものでなければならない、と私は思います。

## (1)「森は海の恋人」

「森は海の恋人、川はその仲人」という言葉があります。二〇一〇年六月に岐阜県の清流長良川で、河川で行うのは初めての「第三十回全国豊かな海づくり大会」が開催されました。森が豊かな水を生み、川が豊かな海を育むことを内外にアッピールする趣旨のイベントでした。

この「森は海の恋人」という言葉は、宮城県の気仙沼湾で牡蠣の養殖業を営んでこられた畠山重篤さんたち漁師が、一九八九年から植林活動を行う際にキャッチフレーズとして用いてきたものです。畠山さんは二〇〇九年五月に「NPO法人　森は海の恋人」を設立され、その理事長を務めておられます。「川はその仲人」という言葉は、哲学者である梅原猛さん（一九二五年~二〇一九年）によって贈られ、付け加えられたそうです。

気仙沼と言えば、二〇一一年三月一一日の東日本大震災で壊滅的な打撃を受けました。私が所属している東京の俳句結社の関係者の方の出身地でもあるようですが、幸いご家族の方などご無事であったと伺いました。それにつけてもこの「森は海の恋人運動」が身近に感じられてなりません。

森林は、牡蠣の養殖に必要な植物プランクトンを発生させ、これが河川水を通じ海へと送られます。海の生き物に森の営みが欠かせない、海の命は森が育んでいるということを受けて、「森は海の恋人、川はその仲人」という擬人的な表現が生まれました。海が生きるために森に恋をする、森も海から命の水を雨として受け取る。そういう地球の生態系のつながりから、海と森の関係を恋愛関係と表現しています。大自然の関係性を人と人との身近な関係に見立てたところに詩が生まれ、この言葉は多くの人々の共感を呼んで、社会に根を下ろしたのだと思います。

二〇一〇年の全国豊かな海づくり大会では、岐阜県へ平成天皇・皇后両陛下が行幸啓になられました。岐阜県関市の長良川の会場では、両陛下が太平洋に向けてアユやアマゴの放流を行い、ヤマメは岐阜県北部の白川村を経て日本海へと放流されました。上皇后様は「森は海の恋人」という言葉を海外向けに英訳するお仕事をお引き受けになられ、"The sea is longing for the forest."という訳が、海外でも紹介されています。

二〇一一年三月一一日の東日本大震災で、畠山さんご自身はご無事でしたが、「森は海の恋人運動」の起点となる養殖場は、事務所や船、牡蠣やホタテの養殖施設など全てが流出してしまったそうです。

畠山さんは、その後養殖事業を立て直し、植林活動も再開されました。二〇一二年二月に、畠山さんは国連森林フォーラムにより、森林保護に貢献した世界の六人「フォレスト・ヒーローズ」に選出され、ニューヨークの国連本部で表彰を受けられました。

法人の名称にもなっている「森は海の恋人」を合い言葉に、牡蠣の養殖事業者が始めた植林活動は、漁民による森づくり、子供たちへの環境教育のシンボル的な運動として全国に広まりました。海の恵みは山を守ることでもたらされるという考え方は、もはや多くの人々の共通認識となりつつあると思います。

畠山さんは、山に木を植える大切さに気づかせてくれたのは汽水に生きる牡蠣だったとし、漁師が山に木を植えることは、人の心に木を植えることでもある、と述べられております。

## (2)「ハチドリの一滴」

二〇一〇年一一月、東京赤坂のホテルで、第四十回社会貢献者表彰式典が開催されました。主催は社会貢献支援財団で、人命救助、福祉、人道支援、海の遭難救助などで功績のあった五十件ほどの受賞者が表彰を受けられました。ここでは受賞者のうちの一人、医師の川原尚行氏を紹介したいと思います。川原氏は一九六五年福岡県に生まれ、一九九二年九州大学医学部を卒業。臨床医として経験を積み、その後、在スーダン日本大使館の医務官兼一等書記官として勤務されていましたが、二〇〇五年一月に外務省を辞められ、家族を日本に残してスーダンで医療活動を始められました。川原氏は外務省を辞めた理由について、「民族対立と貧困から医療難民が多数出ている現状を目にする。日本人相手の医務官の肩書では人を治療することはできない。自分の本当にやりたいことは、やらなければならないことは何かを考え、外務省を辞める決意をした」と述べられています。

川原氏は二〇一一年三月一一日、東日本大震災が起こった時帰国していました。「日本が大変なことになっている。私とスーダンへ行く予定の看護士がいたので、医師と看護士がいるのなら東北へ行こう」と考え、被災地の宮城県名取市に入り、その日のうちに診療を開始しました。毎日避難所に顔を出し、元気な人たちにも声をかけ話し相手になりました。被災された人達から、「いつまでここにいてくれるのか」と聞かれ、「みんなが元気になるまでずっといますよ」と川原氏は答えました。患者さんに安心を与えるためずっとそばにいる、というのはアフリカでの活動以来の信念であったそうです。

川原氏は家族を日本に残し、アフリカで診療を続ける理由について、スーダンは電気も水道もない貧しさの中にあるが、そこには何か光がみえるから、と述べられています。また、全てが不自由な東日本の被災地の人々が助けあいながら暮らしている姿に、「今の日本にはない希望の光が私なりに見えてくる。この光をもっと大きくしていきたい」と、二〇一一年四月のウエブサイトで語られています。

川原氏は前述の表彰式の時受賞者を代表して行った挨拶の中で、「ハチドリの一滴」というお話を紹介されました。これは、アマゾンに伝わる神話、ハチドリの物語。

アマゾンの森が燃えていた時、大きくて強い動物はわれ先にと逃げて行ったが、小さいハチドリだけが残って、口ばしに一滴ずつ水を含んで燃えている森に落とし続けた。大きくて強い動物たちは、それを見て、そんなことをして森の火が消えるとでも思っているのか、と笑った。ハチドリは答えた。「私は、私にできることをしているだけ」と。

スーダンでの自らの実践活動をアマゾンの森のハチドリの行動になぞらえ、「今の私にできることをしよう」という川原氏の力強いメッセージは、聞く人の心の琴線に大きく触れるものであったと思います。「ハチドリの一滴」の話を実践活動家でもある川原氏から直接伺ったわけですが、ハチドリの物語に力を得て医療貢献活動を続けられている川原氏に刺激され、私も何か社会に貢献できることはないか、と今も自問し続けています。

アフガニスタンで川原氏と同様に医療・社会支援活動を行い、二〇一九年一二月に現地武装勢力の銃撃により亡くなられた故中村哲医師は、本稿で紹介した川原氏の九州大学医学部の先輩にあたる方、とのことです。

### (3)「かぜのでんわ」

岩手県大槌町に、「風の電話」ボックスというスポットがあります。これは、二〇一一年三月一一日の東日本大震災で多くの肉親を亡くした方などが訪れて、線のつながっていない電話ボックスの中で、大切な人への思いなどを吐露する空間となっているものです。

大槌町は、一万五千人ほどの人口であったのが、この大震災で千二百人余の死者・行方不明者を出しており、特に行方不明者が多いといわれています。ガーデンデザイナーの佐々木格（いたる）さんが、そんな太平洋に面した浪板海岸を見渡す高台にある自宅の庭に、「風の電話」ボックスを設置されたのは二〇一〇年の冬のこと。東日本大震災の後、敷地を整備しガーデン化するとともに、二〇一二年四月には自宅内に「森の図書館」を併設されました。「風の電話」ボックスには、線のつながっていない電話機と、一冊のノートが置かれていて、利用者は亡くした大切な人への思いを受話器を通して語ったり、ノートに綴ったりしています。電話機の横に書かれている言葉です。

風の電話は心で話します
静かに目を閉じ　耳を澄ましてください
風の音が又は浪の音が或いは小鳥のさえずりが
聞こえたら　あなたの想いを伝えて下さい

絵本作家・いもとようこ氏が、二〇一四年二月、金の星社から刊行された『かぜのでんわ』という絵本は、この「風の電話」をもとに作られたものです。その内容は、山の上に一台の線のつながっていない赤い電話があり、そこに毎日たぬきやねこなどが電話をかけに来て、身内を亡くした悲しみを電話の向こうの家族に語りかけるものです。

きつねのお父さんは、自分と子供達を残して逝った妻への恨みと、最後には感謝の言葉を語って泣きました。物語の最後は、鳴らないはずの電話が鳴り、設置者のくまのお爺さんが受話器を取ると雪がピッタリ止み、星がキラキラと輝きます。リーン　リーンと鳴る電話が「でんわ　ありがとう・・・」と言っているように聞こえ、そして「みんなのおもいがとどいたんだ！」とのくまのお爺さんの言葉で結ばれています。

『かぜのでんわ』という絵本は、「風の電話」ボックスの話をノンフィクションとしてでなく、絵本として取り上げ世に送り出したことに私は感心しました。肉親を亡くした被災者などのつらい気持ちが、動物たちの言葉として読者にしみじみと伝わるとともに、絵の力と相俟って人々に感動を伝える「言葉の力」の一例として、ここにこの絵本を紹介させていただきました。『かぜのでんわ』は、絵本にしたことで、いとしい相手を亡くした人々の悲しみを詩に昇華させたのだと思います。

二〇一六年三月一〇日、東日本大震災から五年を迎える前日、ＮＨＫが～「風の電話」残された人々の声～として、この「風の電話」ボックスを紹介する特別番組を放映しました。ご本人了解の上で取材を受けた利用者から、「受話器の向こうに相手の声が聞こえるような気がする・・・最高でしたね」との感謝の声や、「やっぱり、言葉で表せない・・・ていうか」との声がありました。亡き夫に電話で相談ごとを語り掛け、・・・しかし自分で決めるしかないと受話器を置く、そんな妻の姿も紹介されました。

その後、「風の電話」は二〇二〇年一月、日本映画として全国で上映されたほか、図書館の朗読会などでも採り上げられました。東日本大震災のことを忘れない、亡くなった大切な人にまた会いたいという各地の人々の祈りとして、「風の電話」は今も受け継がれています。

## (4) 言葉で身体をコントロール

二〇一四年のソチ冬季五輪、二〇一八年の平昌冬季五輪で二度の金メダルに輝いたフィギアスケート男子の羽生結弦選手は、平昌五輪の前、右足首を痛め二ヶ月のブランクがあったといいます。五輪本番を控え、その調整に一ヶ月半しかなかったと知りました。二〇一八年二月一六日に行われた平昌五輪フィギアショートでは、一一一・六八点で首位となりましたが、そのブランクを克服した滑りに注目が集まりました。翌二月一七日の朝日新聞朝刊には、羽生選手の戦いぶりに関しそのヒントが報じられていました。

羽生選手によると、ブランクの間も滑走のフォームやイメージを固め、練習再開時には「イメージを氷上に移した」との説明がありました。羽生選手はコーチに跳び方を尋ねたと言います。「踏み切る前に刃で氷にどんな円を描くのか」「踏み切る時は外側に跳ぶのか、内側に跳ぶのか」「氷につかない右足をどこに持っていくのか」。つまり羽生選手はスケートの踏み切りや跳び方を、自身の言葉でイメージしてコントロールしているのだそうです。羽生選手は小学校二年生の頃から、「研究ノート」にフィギアスケートでの成功や失敗の時、身体の各部分がどのように動いたかを整理して、共通点としての「最大公約数」ともいうべきものを「連想ゲーム」のように記録し続けたのだそうです。即ち、羽生選手はフィギアスケートの時の自分の身体の動きや精神の状態を、自分の言葉でコントロールできるのだというのです。

同じく平昌冬季五輪の女子スピードスケート五百メートルで金メダルを獲得した小平奈緒選手も、羽生選手と同様のことを言われています。二〇一八年三月三〇日の朝日新聞朝刊によると、「毎日の練習でだれから何を言われ、どう感じ、何を発見したかを書き残していきます。それを『技術カルテ』と呼んできました。・・・技術の言語化は自己観察することにもつながります」と。スピードスケートの技術を言葉に置き換えて仲間と発表し合い、その言葉で高めてきたと述べておられます。

脳科学者が検証してくださるのではと思いますが、人は自身のパフォーマンスに関し、言葉で表現することにより自身の身体の端々まで神経を行き渡らせ、フィジカルな動きをコントロールすることができるのではないでしょうか。言葉にすることによって、人は自分の心の状態を安定的に保持できるのかもしれません。スポーツで結果を出している人に対し、メンタルの強さを評価することがありますが、中には言葉の力を活かして精神状態を安定させ、良き結果を掴み取っているケースがあるのだと思います。野球やサッカー、ゴルフなどスポーツが盛んな今日です。言葉で己のパフォーマンスをセルフコントロールできたら、成績アップにつながるかもしれません。

羽生選手は、その翌日のフリーではブランクのスタミナ不足などがあってか二位の成績だったものの、ショートプログラムとの合計点により見事五輪二連覇を果たしたのでした。そして四年後の二〇二二年の北京五輪では、男子シングルのフリーで四回転半ジャンプに挑みました。成功とはならずフィギアスケート男子で四位に終わったものの、公認大会で史上初の四回転半ジャンプが認定されたことは、人々の記憶に新しいところです。

## (5) 俳句のチカラ

東京の神保町に、俳句結社「銀漢」の拠点となるお店「銀漢亭」がありました。ビールもうまいし、季節の野菜を使った創作料理もなかなかの味。店主は創造性あふれる料理人でもあり、同句会を主宰する俳人伊藤伊那男さん。その店には、同句会の仲間や関係者が毎日出入りし、俳句談義に杯を傾けていました。

二〇二〇年の夏、その年の初めから世界的に流行した新型コロナウイルス感染症対策のためそのお店は閉じられ、今では多くの俳人が語らい、店内でも句会を重ねた伝説のお店として語り継がれています。

そんなお店の句会に参加させてもらうことになったのは、私が単身赴任で東京生活が始まって間もない二〇〇九年五月のことでした。東京新聞の朽木直さんの記事をご縁に同店を訪れて以来、当時毎月の第二土曜の午後、第三木曜と第四月曜の夜は句会を愉しむ日々となりました。東日本大震災直後の二〇一一年三月末に岐阜へ帰任してからも、私は結社「銀漢」の同人として、上京の折には必ず銀漢亭に立ち寄り、句作の活動を続けてまいりました。

そんな当時の句会後の銀漢亭での懇親会のこと。秋葉原で企業経営をしておられる川島秋葉男さんが、自作の一句を披露してくださいました。

盃を義父とんと置き夏に逝く　川島秋葉男

「妻の実家の父親が亡くなった時、酒好きであった義父を偲んで追悼句を作ってお贈りした。それから妻の実家との関係が良くなったんです」というお話を伺いました。そのお話を伺いながら、俳句には人を癒したり、励ましたりするチカラがあるのではないかといったことを思いました。俳句の詠み手は句を詠む瞬間に自然や人の有り様に感じ入り、自然の中で、また人との関係性の中で人間らしく生きる心情というものを再確認するのではないか、ということをです。そうした句に今度はその読み手が感動する、そこに俳句の伝達力、言葉の力というものを私は感じます。

私は、三十九歳の時母親を癌で亡くしました。父とは同じ敷地内に住んでいましたが、母を亡くしてからは一緒に食事をすることになりました。子供たちを含めた三世代同居の生活はそれから十年ほど続き、その後子供たちが家を離れ、父が亡くなるまでの約十年間は、基本的に家内と父と私の三人の生活であったのですが、必ずしも楽しいといったものではなく、私と父との会話はあまりありませんでした。

ところが当時、先の追悼句に触れた後、家族とそしてまた父とも離れた単身赴任生活を続けるにつけ、親を大切にしないといけないという気持ちが強くなっていきました。

絵筆とる父の背中や冬日差　　堀江美州

父を詠んだ句をその後作りました。遠ざけていた自分の父を採り上げることで父への思いを発見し、父との距離を縮めることができました。俳句のチカラのお陰で、自分の親との関係を若干修復することができたのではないかと思います。

句会で披露される句に、父や母を詠んだ句が多いような気がします。伊藤伊那男氏から教わったことがあります。俳句は、客観性（写生）をベースに、その上に主観的な世界が滲み出るようになるとよいと。父や母を句に採り上げることは、すでに父母への思いを表すことになっているのだと。

写生に徹しながら、抒情的な味わいがある世界を俳句で表現できるようになりたいものだ、と今もなお思い続けているところです。

## (6) 俳句のチカラ（Ⅱ）

俳句のチカラ（Ⅱ）では、俳句には人と人を繋ぐチカラがあるということを書きたいと思います。東京神保町の「銀漢亭」はコロナ禍の二〇二〇年に閉店となりましたが、この店でコロナ禍以前に行われていた銀漢俳句会の活動の一端を紹介しながら、本稿を記したいと思います。

二〇一三年の二月上旬、仕事で上京した折に神保町の公民館で開かれた「宙句会」にはじめて参加させてもらいました。この句会は、東京新聞の朽木直（「銀漢」同人　本名：直文）さんが、俳句を始めて間もない若い世代の人達を育てる目的で設立されたものです。私は、東京赴任時代の直さんとのご縁で、この日の句会に特別参加させてもらいました。この日は欠席投句も含め若い世代の方が九名、銀漢句会の同人クラスの方が五名という構成でした。選句結果は、同人クラスの方の句に比較的多くの選が入りましたが、この日の最高点句は若い世代の方の句で、その句に世代を越えて多くの選が入りました。

この句会の後の銀漢亭での懇親会のこと。折しも第一水曜の「きさらぎ句会」が開かれた日であり、句会直後の同メンバーの方々とも盃を重ねることとなりました。年配者同士の話ではありますが、そこで特に話題となったのは、世代の違う人達が句会に参加し互いに選句しあうことについてです。「若い方たちと句座を囲むと、そこから大いに刺激を受ける」「若い方たちに少しでも近づこうと努力している」「若い方たちから吸収するものがある」「若い方の句に接すると、若い人達が日頃何を考え、感じているかの一端を知ることができる」「今夜の宙句会でも、これは若い方の句だと思う句があり、その中から選句したものがあった」「若いと感じるからでなく、自分がよいと思うから選句をする」といった話でした。

結社「銀漢」の毎月第二土曜に開催される「銀漢本部句会」にも、若い世代の方々が大勢参加されていました。平均年齢が比較的低いとされる俳句結社「銀漢」の集まりでは、世代の異なる者による選句や、世代を越えた者同士の交流が日常的に行われていますが、今回そのことの意味を改めて考えてみました。

句会での選句は、投句者を明かさずに行われます。そこに投句者一人一人を平等に扱う俳句の公平性があり、それが俳句の醍醐味となっています。句会において、世代の異なる方の句を選ぶことはよくあることです。その投句者が若い方なのか年配の方なのか、句の内容で想像がつく場合も多いのですが、選句後その想像が裏切られることもあります。選者は、何らかの魅力を感じた句を選んでいるのですが、その魅力とは一体何なのでしょうか。

それは、句自体のもつ魅力であるというのが一般的だと思うのですが、とりわけその句の背後にある作者の「人間性」ではないか、と私は感じています。写生を十分に効かせて自然を詠んでいる句でも、そこに作者の心情をそこはかとなく感じることのできる句があります。詠まれた句に内在する作者の「人間性」を、別の言葉で言えば「命の煌めき」を選句という作業を通じて発見し、作者と共有・共感できることが、その句の魅力だと思います。そして、そのことが自身の生活を豊かにすることにつながるのだと思います。また、それが新たな創作（作句）活動につながっていくのではないでしょうか。そういう俳句に内在する言葉の力を感じるのは、果たして私だけでありましょうか。

こうした作者と選者とのやりとりが世代を越えて行われるところに、人と人を繋ぐ俳句のチカラを見出すことができるのだと思います。人と人を繋ぐ俳句のチカラ。同世代の繋がりに留まらず、俳句が世代を越えて人と人を繋ぐ可能性を秘めている、ということではないでしょうか。それは、過去の名句に時代を越えて共感できる句が沢山あることからしても、当然のことではないかと思います。

## (7) 俳句のチカラ（Ⅲ）

俳句のチカラの三回めは、読み手のそれぞれに心を打つ俳句の魅力について述べてみたいと思います。

霊山の曼荼羅めきて粧へり　中村紘子

これは二〇一四年一〇月、私の参加する銀漢名古屋句会に出された句です。その句会では、この句に多くの選が入りました。選句と併せて一句鑑賞として述べられた選者の評に、「霊山は白山か立山か、あるいは高野山か。色具合といい絵柄模様といい『曼荼羅めく』の見立てがよい」「霊山は、『曼荼羅』というので比叡山か高野山か、曼荼羅の色彩と色とりどりの紅葉山の色彩は似ている」がありました。もう一つは私の拙い鑑賞で、「霊山はこの九月二十七日に噴火した御嶽山か。噴火の山は紅葉真最中で、色とりどりの紅葉が曼荼羅めいているが、七人が霊山に葬られたままの状況に心が痛む。その魂を曼荼羅の仏様たちが見守っているのかと思うと、少し安堵の気持ちに」というものでした。

出句者にその句はどこの情景かなどと聞く必要はなく読み手の解釈は自由、というのが俳句の基本です。が、それを重々承知の上で、あえて「作者自身の霊山は?」、と聞いてみました。答えは、「複数の山々がイメージされたこと、紅葉山が曼荼羅めいているという措辞が先に思い浮かんだこと」などでした。

ご案内のように、御嶽山はその年の噴火の後冠雪を迎え、行方不明者の捜索困難な状況に陥り、不明者七名を残したまま十月十六日で捜索中断となりました。この間、多くの自衛隊・警察・消防隊員が、噴火で堆積した火山灰のぬかるみや、一気に低下する気温などに難渋しながら、毎日捜索を続けました。長野県知事が、二次災害の懸念もあって最終判断され、岐阜県側も知事が同日捜索活動中止を決められました。残されたご家族の方々をはじめ関係者の断腸の思いの中、御嶽山はまさに眠りにつきました。その後二〇一五年七月に山頂での捜索が再開されましたが、同年八月六日、依然五名の行方不明者を残し全ての捜索活動は終結となりました。

俳句は、短詩の中でもとりわけ短く、それだけ読者の解釈の幅が広がります。俳句においては、詠み手が言葉を発したら、もはやそれは詠み手の元から離れ、読み手や聞き手のものとなります。掲句の場合、霊山は「曼荼羅」から密教に関わりの深い高野山あたりか、とのオーソドックスな解釈の一方で、噴火からひと月以上経ってなお山頂から上る噴煙を当時職場（岐阜県恵那市にあり山から約四〇キロ南方）の窓から毎日目にしていた私には、霊山は御嶽山でなければならなかったのかもしれません。

俳句には、読み手のそれぞれに、それぞれの意味をもって響くという普遍性や多様性の魅力があると思います。音楽や絵画もそうであるように、作者の意図とは別に、鑑賞者の心の琴線に触れる作品の多様な魅力というものがあるのだと思います。特に俳句の特長として、季語（掲句の場合は「山粧ふ」が秋の季語）や切れ（や、かな、けりなど）の存在があり、また五七五のリズム（調べ）が土台となっています。これらが読み手の心に響く大きな要因となっており、句の魅力の一部を形成しているのだと思います。読み手は自身の世界に引き寄せて句を鑑賞し、その句に感動する。そうした俳句のチカラをこの時の句会から感じたような気がしています。

## (8) 俳句のチカラ（Ⅳ）

俳句のチカラの最後は、私がもう一つ参加している地元大垣の結社「和」句会での活動を通じ、感じた俳句のチカラについてです。

私が奥の細道結びの地を拠点とする「和」句会に初めて参加させてもらったのは、二〇一三年一二月のことでした。この時の句座で、ご自身の実体験をそのまま句にされたという方のお話がありました。俳句を作る動機は人によって異なると思いますが、自分の心情を句に折り込んで伝えたい、というのが一般的ではないかと思います。予め出された兼題に向かい合う時は、できるだけ季語の本意に近づく努力をし、そこから自分の心情に添った句が出来上がるとよいのだと思います。当季雑詠で句を作る場合は、自分の日常生活の中から、あるいは吟行を行う中から句材を見つけ、そこに季語を斡旋して一句に仕立て上げるような作業を私は心掛けています。いずれの場合にも、句に自分の心情をどう折り込めるか、あるいは句から自分の気持ちがいかに滲み出るか、が課題になると思います。この作業の末に得られた俳句が、句会などの場において選者である主宰や句友の選に入った時、素直に嬉しいと思います。私はこれを楽しみに毎回句座に参加していますし、多くの方もそうではないでしょうか。

さらに、選句の楽しみもあります。他人の句を選ぶに際し、情景が鮮明であるか、季語の斡旋がふさわしいか、独自のものの見方であるか、リズムがよいかといったことを瞬時に判断することになります。私の場合、最終的にはその中に共感できるものがある句を選んでいますが、詠み手の真情に触れることが出来た時などは、句会に参加して本当によかったと感じています。もっとも、句座での披講を聞いて、他の人が選んだ佳句をどうして自分は選び損なったのか、と思うこともしばしばなのですが。

かつて東京の超結社の句会で、披講後に選者からの話がありました。「俳句は如何に作るか、ではなくて何を詠むかが大事である」と。句会で選に入りたいと意識し過ぎるあまり、表現の奇抜さなどにことさら意識が向きがちとなります。もちろん約束事として有季、定型、旧かなづかいが守られ、写生がきちんとできて読み手に句意が伝わることは必要なことではありますが、それだけでは十分とは言えません。大事なことは、何を詠もうとするのか、またどういう世界を表現しようとするのか、ということなのでしょう。作品から作者の心情や人生観、生き様までもが抽出されるような、そんな句ができれば申し分ない、というような議論でした。そのような句がすぐに、そしていつでも出来るわけではありません。年季を重ねることにより、また、人生を深めることにより、その世界に近づいていければ、と私は常々考えています。

私はこれまでに、選句をする時、一句の中に希望の光を見出してほっとし、勇気が湧いてくるということをしばしば体験しました。様々な世界を表現できる俳句ですが、とりわけ明るい、温かい、また希望が感じられる句は、読み手の気持ちを高め、豊かな心をもたらしてくれます。これは、句を作る時にも言えることかもしれません。先々の夢や希望を育む句を詠むことで、詠み手自身の気持ちが癒され、励まされることがあるように思います。俳句には一面でそうしたチカラがあるのではないかと、私は考えています。

今回、俳句のチカラ（Ⅳ）という題で、句を作ることの楽しみ、また句会で選に入ることや選句そのものの楽しみについてふれてみました。この楽しみを生み出す力こそが俳句のチカラであると思います。そして、俳句の鍛錬や句会への参加などを通じ人生そのものが深まること、また「和」句会が目的とする「より質の高い人格形成」ということ、これらを助長するのも他ならぬ俳句のチカラではないか、と考えています。

## ●「気」が左右する経済情勢

景気は、人々の「気」の持ちように左右されると言います。二〇〇八年九月のリーマンショック後の日本経済は、円高・デフレから脱却できずにいました。世界一のスピードで進行する少子高齢化、また国の借金残高が先進国で最悪という状況下で、経済政策や金融政策の立案及びその遂行能力が問われています。二〇二一年時点で一二〇〇兆円超という国の借金があります。一五〇〇兆円ともいう国民の預金を国債消化に回すのではなく、いかに消費や設備投資を促したらよいか。二〇二二年度国の予算一〇七兆円超の中で、国の社会保障費は年金、医療、介護、少子化対策などで三十六兆円を超えますが、自然増が四四〇〇億円程度あります。今後益々社会保障の維持に負担が増す中、若者が結婚し子どもを生み育てやすくする社会の雰囲気をいかに醸成したらよいか、考えさせられてしまいます。

こうした中で、我が国の経済や金融政策責任者の言葉が、為替や株価に影響することを時々見かけます。ここでは、経済・金融政策に関し、言葉が力を持つための条件というものについて考えてみたいと思います。

## (1)「インフレ目標」

日本銀行は、二〇一二年二月一五日金融政策決定会合を終え、白川総裁が緩やかな「インフレ目標」の導入を表明しました。消費者物価が前年比で1％上昇することを目指し、当面の間、強力に金融緩和を続ける方針を明示し、日本銀行が事実上の「インフレ目標」を初めて導入したと報じられました。

インフレ目標政策は、ニュージーランドで一九八八年に導入され、インフレ抑制に成功したと言われています。同じように慢性的なインフレに苦しんでいたカナダ、英国、スウェーデンをはじめとする国々が追随してきました。わが国でも、インフレ目標政策の導入を求める声が強まりましたが、バブル崩壊以降、物価がデフレ的になるにつれて、物価押し上げのためのインフレ目標論として議論がなされてきました。

二月一五日のこの表明以後、為替は円安の動き、株価も上昇という効果が出始めました。一ヶ月くらい円安が続いた後、円高に戻っていった為替相場は、二〇一二年一二月の野田総理による解散総選挙を契機に、2％の「インフレ目標」と大規模な公共事業の実施を公約に打ち出した自民党安倍総裁が政権を取り戻すや、円安を強めていきました。これと同時に株価も急上昇しました。この間の二〇一三年一月に、安倍内閣の閣僚が過去の円安に対する警戒感を示したことを受け、これまで急落してきた円が一時的に反転高となり、株価も一時的に急落したことがありました。

「インフレ目標」導入の効果とは、それにより物の値段が上がり企業の売り上げが増大し、従業員の給与がアップして消費が拡大すること。また物価上昇期待が高まる結果、値上げ前にと消費や設備投資を前倒しする動きが出てくることにより、デフレ脱却と景気回復が期待されるというものです。が、現実にそのようにうまく日本経済が機能するのでしょうか。

二〇一二年二月一五日決定した「インフレ目標」達成のため、日本銀行は量的緩和を進めました。市中銀行から一〇兆円の長期国債を買い上げるなど、資金供給を行いました。問題は、この通貨供給措置が、市中銀行から民間企業の設備投資や個人の住宅建設への融資増として機能したかです。資金は民間の設備投資等に必ずしも回らず、国債の運用に回るという構図からなかなか抜け出せていません。これでは、日本銀行の通貨供給策も、市中銀行との間での国債の売買に終始しかねないこととなってしまいます。

二〇一二年一二月に誕生した安倍内閣は、前述の2％の「インフレ目標」の推進を日本銀行に求める金融政策に加え、建設国債五・五兆円の発行を含む一三・一兆円の大型補正予算を用意し、これらを実行に移しました。

大臣の発言で為替や株価が上下する経済情勢でありますが、「インフレ目標」のターゲットを人々が認識して一歩踏み出す力となるかどうか、即ち「インフレ目標」という言葉が力を得るかどうかは、これと関連する政府の総合的な経済政策の実行にかかっていると言えるのかもしれません。

その後、二〇二〇年に入り新型コロナウイルス感染症が世界的な大流行となる中、我が国の政権は自民党安倍内閣から菅内閣、そして現在の岸田内閣へと移りました。二〇二一年一〇月に岸田内閣が発足した後、ロシアがウクライナに侵攻する事態となり、資源高がもたらす影響で国内でも物価高の現状となってきました。日本銀行は通貨供給量を増やす金融緩和策を継続しています。政権の掲げる「分配」政策ですが、働く人々の賃金の上昇にはなかなか至っていない状況です。

## (2) 市場に委ねる

今日の自由主義経済社会においては、より安価でより良い商品やサービスを選択する、つまり市場の機能を重視することが基本となっています。即ち、経済活動をコントロールする手綱を、謂わば市場に委ねることが重要だという考え方があるわけです。

市場に関しては、一九世紀の前半頃までは、各企業が行う営利の事業も「神の見えざる手」によって全体としては経済に良い効果を及ぼしうるもの、と考えられていました。

中谷巌氏はその著書『資本主義はなぜ自壊したのか』（集英社　二〇〇八年一二月刊）で、「アダムスミスの『見えざる手』は、それを働かせることができたのは、市場経済を不純にする中央銀行や強制力をもった政府などが、通貨の管理、所得の再分配、環境規制といった役割を果たすことで、その本来的な不安定性を一定程度おさえてきたからによる」と述べられています。

今日、株式市場における日々の売買は、個々の企業の業績や国内外の政治情勢、また中央政府や中央銀行の政策などに反応して行われています。企業業績の好転や特定分野の産業の成長見通しなどを目論んで株式への投資が行われるのですが、この目論みは将来への期待に基づくもので、投資家の勘や経験知によるところが大のようです。投資家は、それこそ神に祈るような気持ちでその結果を市場に委ねることになります。

経済の働きを市場に委ねる、神の導きに任せたい、という気持ちはよく理解できます。全ての人がまじめに、そして他人に迷惑をかけずに生きて行くなら、あるいはそうした性善説に立つならば、神の見えざる手による秩序ある経済社会の実現は、もしかすると可能であるかも知れません。しかしながら、例えば使い捨て箸の使用量拡大が東南アジアのマングローブを消滅させかねない現状もありますし、企業が人件費を抑えるため非正規労働者を増やしたことで国民一人当たりの所得水準は上昇せず、国内消費の拡大につながらない我が国の現状があります。全ての人間が自然に、そして社会と調和して幸せに暮らす、ということは観念的な理想論に過ぎないのでありましょう。ここに、貧富の格差を生む「市場原理」ではなく、社会的弱者に配慮する「公共原理」が働く余地が生じるのであり、政府や役所の役割が重要となってくるのだと思います。

要は、市場に委ねる場合に必要な条件として、市場に委ねるべき事項と、規制など政府が関与すべき事項を間違えないことではないでしょうか。市場に委ねるべきこととしては、例えば政府の調達においてこれを競争入札に付し、品質を確保した上で税負担の節減を図ることなどが挙げられます。また、規制など政府が関与すべきこととしては、例えば地震大国日本において、建物の耐震基準を十分に設定することなどが考えられます。

経済運営において、市場に委ねるか否かを関係者が的確に判断することが、市場原理を有効に機能させる、もしくは市場原理の弊害を適切に抑えられることにつながるのではないでしょうか。

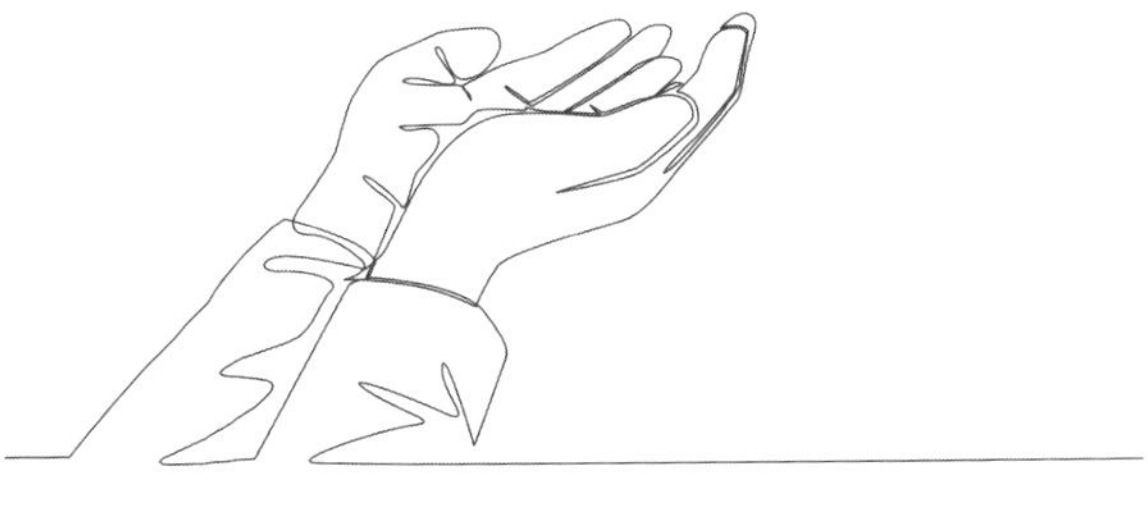

## 視点2　言葉の力は両刃の剣

### ●人を勇気づける言葉とは

人が発する言葉には、心に沁み、人を勇気づけるものもあれば、人の心を傷つけるようなものもあります。ここではそうした言葉について、私自身が遭遇した言葉の具体例から考えてみたいと思います。

「生き延びる糧―地底からの脱出」は、人を勇気づける言葉の具体例、「エッセンシャルワーカー」は、それ自体は勇気が湧く言葉である一方、心無い差別に曝されかねない言葉の具体例です。この他の「政権交代（チェンジ）」「尊厳死」「自己責任」「不要不急」「ソーシャル・ディスタンス」は、言葉自体が持つ力はありますが、独り歩きするとやや危険な面のある言葉の具体例です。

## (1) 生き延びる糧―地底からの脱出

二〇一〇年一〇月一三日、世界は大きな感動と喝采の渦に包まれました。その年の八月五日にチリ共和国アタカマ州コピアポ近郊のサンホセ鉱山の落盤事故で、地下七〇〇メートルの地底に閉じ込められていた三三人の鉱員たちが、七〇日ぶりに全員無事救出されたからです。記憶に残っている方も多いと思いますが、私はその様子を東京に赴任中の宿舎で、テレビのニュース報道を通じて知りました。家族のみならず、チリ大統領セバスティアン・ビニェラ氏をはじめとする政府関係者、鉱山関係者、そして世界から取材に訪れた千人ものメディア関係者らが見守る中、やや傾斜した掘削坑からカプセルに収まった鉱員が、一時間に一人のペースで次々と救出されました。

地上に出ることができた鉱員は、みな紫外線などから目を守るためのサングラスをかけ、ヘルメットをかぶったまま、愛する家族たちとの抱擁を重ねました。周囲は、拍手や歓声、チリ国名の連呼やチリ国歌の合唱に包まれました。

何故、彼らは事故発生から六九日もの間、健康状態をほぼ維持しながら生き延びることができたのでしょうか。それに関する専門家の分析、評価も報道されていましたが、その要因について私は次のように考えました。

一つ目は、当時五十四歳の現場監督ルイス・ウルスア氏の強いリーダーシップです。ウルスア氏は、坑内で限られた水、缶詰などの食料を鉱員たちに計画的に分配するとともに、坑内の危険個所の見張り役や地底生活の撮影係等々を、鉱員一人一人に担わせるため、その分担を決めていたとのことです。二つ目は、歌の力それも国歌の力です。地上とは電話回線が生きており、坑内からの映像と音声を地上の家族や関係者に伝えることができたのですが、その時のテレビ報道では坑内からチリ国歌を合唱する様子が伝えられました。地上にいる愛する者たちへ自分は生きていると伝えることが、そしてまた自分たちのアイデンティティーであるチリ国の国歌を仲間と一緒に歌うことが、自らを鼓舞し勇気づけるものであり、そしてそのことが何よりも坑内で生き延びる力となったのではないかと思います。二番目に救出された陽気な鉱員マリオ・セプルベダ氏は、地底から持ち帰った石を鞄から取り出して関係者に配る茶目っけも見せましたが、地上で待ち構えていた仲間と「チリ、チリ、チリ国家万歳！」と叫び、喜びを爆発させていました。

そして三つ目が、言葉の力だと思います。この六九日間には、地上の家族に様々なことが起こりました。その一つは若い鉱員アリエル・ティコナ氏に赤子が誕生したことです。その子はesperanza（希望）と名付けられましたが、子の名前の「希望」という言葉に、父親である鉱員は何としても生き延びたいとの思いを強くしたことでしょう。また、父親だけでなく地底の仲間全員が、このesperanzaという赤子の名前に命をつなぎとめる希望の力を重ね合わせたのではないでしょうか。新しい生命の誕生とその命名のもたらす言葉の力が、まさに地底に取り残された鉱員全員の生き延びようとする力になっていたのだと思います。

前述の陽気な鉱員マリオ・セプルベダ氏が、救出後に家族同伴で応じた記者会見での言葉が印象的でした。「地底には神と悪魔が両方いたが、自分は神の手をずっと握りしめていた」と。そして、「今回の経験により、今後どんな困難をも乗り切っていける」と語りました。何という詩人でしょう。私はこの鉱員の言葉を聞いて、祈ることの大切さを痛感しました。と同時に逆境に直面した氏には、祈り続けたことで命の言葉が溢れ出てきたのではないかと思いました。

言葉の力が生き延びる糧となったと考えられるこの出来ごとに私は衝撃を受け、心を強く揺さぶられる思いでした。

## (2) 政権交代(チェンジ)

二〇〇九年八月三〇日の第四十五回衆議院議員選挙が、政権選択を争点に行われ、民主党は三〇八議席を獲得して圧勝し、自民党中心の政権を交代させました。この結果、民主党と社民党、国民新党が連立する鳩山内閣が誕生しました。一九九三年に日本新党率いる細川護熙首相を擁する連立政権が誕生し、村山内閣が終焉するまでの二年半を除き、戦後長きに亘って政権を担当してきた自民党から、民主党への政権交代が実現したのです。

この選挙の前の二〇〇八年一一月には、アメリカ合衆国の大統領選挙で民主党のバラク・オバマ上院議員が当選し、民主党のオバマ政権が誕生しました。この時米国で政権交代を成し遂げた民主党オバマ氏の「チェンジ」というスローガンは、わが国の第四十五回衆議院議員選挙でも自民党政治からの変化を求める風として吹き渡り、日本での政権交代を後押ししたように思われます。

その後二〇一〇年七月一一日に行われた第二十二回参議院議員選挙では与党民主党が議席を減らし、参議院で国民新党との連立与党の議席が一一〇で過半数一二二に達せず、国会は衆参のねじれ状態に突入しました。

前記参議院議員選挙前の産経新聞社世論調査によると、支持政党なしとする無党派層は四二・一％と高い割合を示していました。我が国の選挙において、選挙の争点やマニフェストではなく、その選挙でどういう風が吹くかが勝敗を分ける大きな鍵となっていたと言っても過言ではない状況でした。その意味で、二〇〇九年の衆議院議員選挙では、まさに「政権交代」という言葉の力が、風を起こし「山を動かした」と言えるのではないでしょうか。

鳩山政権が手掛けた取り組みに、「事業仕分」がありました。その後民主党の幹事長となった枝野議員や、菅内閣で行政刷新大臣となった蓮舫議員は、この「事業仕分」で名を上げ一躍有名人となりました。蓮舫議員は、第二十二回参議院議員選挙の東京選挙区で、一七一万票と大得票で当選しました。この「事業仕分」は、長年続いた自民党政権下で官僚主導政治が行われた結果、生じた無駄を徹底的に削ぎ落とそうという趣旨のもので、民主党のマニフエストによるものでした。

その後民主党政権は、沖縄普天間基地の取り扱い、子ども手当の創設、二〇一一年三月一一日に起こった東日本大震災と福島第一原発の放射能汚染への対応、消費税率の引き上げといった政策や党運営に対する国民による評価の結果、二〇一二年一二月の第四十六回衆議院議員選挙で議席を減らし、三年強で政権の幕を降ろすこととなりました。

「不易流行」とは、江戸時代の俳聖松尾芭蕉の言葉ですが、「不易」とは不変の意で、俳諧の求める永遠不変の価値。「流行」は変化の意で、不易を確立するために時代の推移に応じた新しみを表現することと言われます。「変わらないもの」と「変わるもの」という意味では、森羅万象に当てはまることと思いますが、政権交代により「変わるもの」もあれば「変わらないもの」もあるはずです。「変わらないもの」の一つは、国民生活の大切さではないでしょうか。政権交代があっても、それまでの政権の政策をただ変えるというのではなく、例えば、弱い立場の人々に光を当てる政治の役割が十分でかつ妥当に遂行されるような運営が、大切だと思います。

民主主義社会では、投票という政治行動により政権の担い手が決まり、それにより人々の暮らしの基盤が変化しうる仕組みとなっています。選挙で風を起こした「政権交代＝チェンジ」という言葉が、その国の新たな政治を生み出したとするなら、言葉の力は相当なものと思われます。が、大事なことは、交代した後国民をいかに適切に導くかではないでしょうか。

### (3) 尊厳死

二〇一二年三月二二日、超党派の国会議員でつくる尊厳死法制化を考える議員連盟が、終末期の患者が延命措置を望まない場合、措置を始めなくても医師の責任が問われないとする法案を公表しました。わが国の医療費は、二〇一〇年度時点で三十六兆円を超えて多額となっており、少子高齢化が急激に進展する中、医療を含む社会保障制度の改革は内政の大きな課題となっています。

一方医療や介護の現場では、延命治療に関し、患者や家族の方の様々な思いがあるようです。「もっと生きて何事かをやりたいという意欲のある人が、本人の意思によって延命治療することは意味があるが、死を待つだけになってしまった人について延命治療することは見ていてつらい」「チューブをつけても最期まで戦うのが私にとっての尊厳死である」などです。

尊厳死法制化に反対する考えは、次のようなものです。尊厳死を法制化することは、人工呼吸器や経管栄養などの生命維持装置をつけた状態を「尊厳のない生き方」と国が認知することとなり、そのような状態は「生きるに値しない」という社会的な無言の圧力を生み出しかねない、という人工呼吸器をつけた子の親の意見があります。また、死の淵から生還したという方たちからは、医師が常に最高・最善の治療を提供することは不可能である限り、終末期を判断することは困難なはずだから、延命中止の判断を「回復の可能性なし」と安易にしてもらっては困る、という意見です。

高齢でこれ以上長生きを望まない人やその家族が延命治療の中止を求めることは、必ずしも否定されるものではないと思われます。一方、幼い子どもや生き続けたいと願う人とその家族にとっては、重篤な病状にあっても延命装置差し控えの意思を書面にサインすることには、やはり抵抗があると思います。従って、延命中止を判断する前提は、患者の意思を確認することではないでしょうか。生き続けることを希望する人の生命維持を、阻止することは誰にもできません。問題は、自分の意思を伝えられない、その確認のしようもない家族の延命治療中止を、誰が決定できるかです。延命の中止を求めることができるとする場合、それを実現する仕組みをいかに作るかが問われます。前述の高齢でこれ以上長生きを望まないようなケースについては、本人の意思が確認できるうちに、延命治療の要否を本人に確認することの検討も必要でしょう。

また、尊厳死の法制化という形が重度の障害を抱えた方に与える影響が大き過ぎるとするならば、医師の延命中止の行為を、一定状況下の患者の意思が確認できた場合に限り、刑法の殺人罪の適用除外とするなど、現行法制改正の検討も必要ではないかと思います。

二〇一四年一一月、日本救急医学会、日本集中治療医学会と日本循環器学会が「救急・集中治療における終末期医療に関するガイドライン」を共同で発表しました。それによると、不可逆的な全脳機能不全、さらに行うべき治療方法がなく、近いうちに死亡することが予測される等の場合に、患者本人の意思、それができない時は家族らの総意としての意思を確認して、人工呼吸器、人工心肺装置の停止、呼吸器の設定や昇圧薬の投与量の変更、水分、栄養補給の減量または終了などによる延命治療の中止を行う、とするものでした。

尊厳死に関する法律は、ヨーロッパや韓国では既に成立していますが、日本ではまだの状況です。命を大切に考える日本人の死生観が背景にあるように思います。一方、終末期医療の現場では、本人や家族の意思を尊重して医療を行う努力がなされています。

「尊厳をもって死ぬ」という議論より、「尊厳をもって生きる」ことを考えたいものです。最期まで人間らしく、誇りをもって生きることができたら、と私は考えています。

## (4) 自己責任

二〇一五年二月一日の早朝、「イスラム国」に拉致されていたフリージャーナリスト後藤健二さんが、「イスラム国」の手により殺害されました。人質の日本人二人に対し二億ドルの身代金を要求した「イスラム国」は、身代金交渉が実現しない中、一人目の湯川遥菜さんを殺害した後、二人目をヨルダンに収監中のイラク人女性死刑囚との人質交換交渉の対象に切り替えていました。ヨルダンは、「イスラム国」に拘束中のヨルダン人パイロットの解放とセットで、後藤健二さんの人質交換を探っていましたが、残念ながらそれは叶いませんでした。弱い者、貧しい者の現状を伝えることを使命に活動していた後藤さんを、支えようと立ち上がった世界中の人々、そして日本の多くの国民が悲しみに打ちひしがれました。

後藤さんは、拉致された湯川さんを救うためシリアに向かいましたが、その前に映像を残していました。その中で、この行動の責任は全て自分にあることを明言していました。また、外務省では、イスラム過激派組織による脅迫メッセージに伴うテロや、不測の事態への注意喚起を行うなど一定の対応はしていました。こうしたことから、国内では後藤さんの行動を巡って、自己責任論が浮上することとなりました。

ネット上で、「人が殺されそうなときに、自己責任でバッサリは割り切れない・・・」「自己責任てなんだ、自分の親兄弟、友達でもそういうのか・・・」『人の命は地球より重い』と言うが、身代金を支払うとテロに屈することになる。しかし、親しい人だったら『自己責任だから・・・仕方がない』と言い切れるか・・・」「今後自己責任じゃない人が人質となったら、どうするのか。身代金を出せば、世界中にいる日本人が誘拐される・・・」といった声が上がりました。確かに、国から危険と注意喚起されている中で、敢えてそうした地域に入るには、その責任は全て自分にあるとして行動することが必要かもしれません。こうしたことからすれば、命を落としてもそれは自己責任である、ということになりそうです。また、後藤さんの死が報じられた後の兄のインタビューの中で、弟が多くの関係者に迷惑をおかけしたことを詫びる一面がありました。その死は痛恨の極みであるとはいえ、その行動に果たして無理はなかったか、ということにもなるのでしょう。

しかしながら、やはりこの志ある方の死を、自己責任という言葉だけで方付けてしまうことはできないのではないでしょうか。世界から戦争や、それに起因する貧困を無くすとともに、自分だけでは生きて行けない弱い立場の人たちに手を差し伸べる取組みがやはり必要ではないか、と思います。

従って、自己責任という言葉が一人歩きすることはやや危険ではないかと思います。自己責任という言葉は、結果を我が事として受け止めずに、あくまでその結果の帰結する他人の問題だとする響きがあります。責任を負った人が全て悪いとして方付けられないこともあると考えなければならない、そういう使い方が必要な言葉である、と私は思います。

## ⑸ 不要不急

二〇一九年一二月に中国の武漢で発生したとみられる新型コロナウイルスは、その後世界中に感染が広がり、日本では翌年四月に法に基づく緊急事態宣言が発令され、外出の自粛やイベントの中止、事業の休業要請といった人々の活動の制限が求められるに至りました。人々の接触によるウイルスの感染リスクを抑えるため、今は不要不急の活動をすべきではない、とわが国では新型インフルエンザ等感染予防特別措置法が改正され、行政が市民に活動の自粛を要請することになりました。アメリカ、ドイツなどでは罰則付きの活動禁止命令が出されたのに対し、日本では不要不急の活動の自粛要請に止まりました。これは、第二次世界大戦中に市民の権利を厳しく統制したことに対する国民の嫌悪が背景にあるからかも知れません。人々の濃厚接触によりいわゆる「クラスター」が各地で発生し、これを封じ込める対策が行われる間に市中感染が広がりを見せ、治療薬やワクチンの開発が焦眉の急となりました。

人々の活動は制限され、不要不急とみなされる文化・スポーツをはじめとするイベント関係者が仕事を失い、また外出自粛の要請から観光やその関連産業、飲食業なども収入が激減しました。経済活動の停滞が、雇用の喪失や景気の後退を生む結果となりました。人々の行動制限は、都道府県境を超える動きを留めるに至り、里帰り出産ができなかったり、制限の緩い地域への疎開や人の流れを生じさせ、地域防衛の問題さえ取沙汰されました。学校は総理大臣の呼びかけによりこの年の三月のうちに一早く休業となりましたが、これの再開をめぐり混乱が続きました。義務教育は、憲法上保証された国民の権利であり、かつ義務であり、そもそも不要不急には当たらないでしょう。福祉の分野では、通所やショートステイ施設が活動を制限され、保育の分野では、医療従事者をはじめいわゆる不要不急の業務従事者の子を除き、休業を要請されました。

不要不急のことは控えよと聞くと、生活や仕事のうち、今本当に必要なことは何なのか、と考えることになります。生活面では、食べることや睡眠をとること、そして病気に罹患した場合の治療などは最優先でしょう。仕事面では、医療、災害や電気、ガス、水道、通信、物流など人の命を支える社会インフラに関わる仕事が最優先と言えるでしょう。これに人々が生きる糧を得るための経済的支援などが続きます。こうしたことが不要不急のことであり、そうでないものは二の次ということなのでしょうか。

確かに、今回新型コロナウイルス感染の「クラスター」を惹起した夜の飲食や合唱団活動などは不要不急と言われても仕方がないのかも知れません。一方、イベントの自粛や休業を要請されて収入が激減した方々に、生活資金の緊急融資を行う仕事などは優先事項であるとしても、生活に困窮したり、新型コロナウイルス感染症の影響で職を失った人々に就労支援を行うことも必要な仕事となるでしょう。また、飲食業を営む方々が売上減をカバーするために、テイクアウト方式や宅配に切り換えるための支援なども必要な仕事と言えるでしょう。

飲食業の方々が通常営業に替えてテイクアウトに切り換えるのは売上の確保という面がありますが、顧客とのつながりを維持するためでもあり、通常営業に戻った時に生きて来るのだと思います。

不要不急と言って必要ないものを切り捨てるのではなく、一見急がれないことでも、社会経済活動の維持・継続に必要なことはその方法を考え、対応していくことが極めて大事なことだと感じました。［二〇二〇年五月記す］

### (6) ソーシアル・ディスタンス

二〇二〇年に入り世界的に流行した新型コロナウイルス感染症に対処するため、人と人との距離を最低でも一メートルとることが求められました。これがソーシアル・ディスタンス

(social distancing) として、世界中でコロナ禍の行動基準として取り沙汰されました。子供たちが帽子の両端に一メートルずつの手を付けて、集団での行動時にも距離（ディスタンス）が取れるような工夫も行われました。この間、アメリカではトランプ大統領が、大統領選挙の最中にコロナウイルスに感染しました。その集会で参加者もマスクを付けず、ハグまでしていたことが報じられましたが、国によりコロナ感染症対策に温度差が見られました。

ソーシアル・ディスタンスは、社会的な距離、即ちコロナ禍にあって飛沫感染防止の観点から、対人間の距離を一定程度保つ言葉として使われました。しかし、この言葉は社会的な分断を想起させるものではないかとの懸念から、フィジカル・ディスタンスと言うべきとの意見もありました。ディスタンスを取るための在宅勤務も首都圏などでは増加しましたが、今まで仕事に出掛けていた人が一日中家に居るストレスから、ＤＶ（ドメスティック・バイオレンス）など別の社会問題を増幅させました。オンラインで営業や面談をし、人との接触を極力減らす取組が広がったのですが、果たしてこれは望ましいことなのでしょうか。

人間は哺乳動物であり、母乳を吸って成長してきました。母性とのスキンシップが個体成長の基であり、欧米人が好んで行うハグや、現代の日本人も挨拶では普通に行う握手なども、人とのスキンシップを求める人間の根源的欲求に根差すものと私は考えています。オンラインでビジネスや飲み会などの交流活動を行っても、相手とのコミュニケーションをとる上で今一つ物足りないものがあります。それは、オンラインでは相手とのコミュニケーションが視覚や聴覚から入る情報だけに限定されてしまうからです。人はこれまで、触覚や嗅覚などを含め五感を駆使して相手とコミュニケーションをとって来ました。ＩＴ社会が進展しても、いわゆるオフ会の必要性は消えることがない、つまり在宅勤務やオンラインで社会活動を行っている者も、時には一か所に集まって交流することが必要ではないかと思います。

この間、Ｗｉｔｈコロナという言葉が創り出されました。ワクチンや治療薬が開発され、感染症が封じ込められるまでの間は、コロナと共生する、即ち感染症のリスクに十分配慮しながら社会経済活動を持続することが求められました。ソーシアル・デイスタンスという言葉ですが、これは人と人とのふれあい、人と人との共生を基本とする人間社会にあって、気を付けて使わなければならない言葉ではないかと考えます。ソーシアル・ディスタンスという言葉が独り歩きすると、人を必要以上に遠ざけることにつながることが懸念されます。コロナ禍での私たちに求められるのは、感染症リスクを軽減するためのディスタンスを保つことであって、必要以上に相手との接近を拒むものではないと思います。

この年の夏ふるさとへの帰省が叶わなかった人々、田舎から上京して大学生になったのに、キャンパスで友人を作ることもできずにいた若者たち。コロナ感染症に苛まれる社会生活において、感染症を回避する知見が増えているように思います。科学的な目をもってコロナ禍に向かい合い、本来の人間のあり方を取り戻してゆくことが、求められるのではないでしょうか。［二〇二〇年一一月記す］

## (7) エッセンシャルワーカー

二〇二一年に入り、新型コロナウイルスの感染者は増え続け、一月から三月にかけて緊急事態宣言が首都圏や私の住む岐阜県でも発出されました。そうした中、岐阜県内の福祉系大学で、介護福祉士などを目指す二〇二一年度の新入生が増加したとの話を、岐阜県の福祉人材確保を検討する会議の場で、同大学の先生から伺いました。先生によると、二〇二〇年のコロナ禍にあって、介護職の方々は医療職の方々と同様「エッセンシャルワーカー」であるとのメディア報道が溢れ、その結果介護の仕事を目指そうとする学生が増えたのではないか、とのことでした。

エッセンシャルワーカーとは、人々が日常生活を維持するのに欠かせない仕事を担う人のことで、新型コロナウイルス感染症の影響で世界中で外出自粛やロックダウンが行われる中、停止するわけにはいかない仕事に従事する人々に対する呼称として使われています。医療・福祉や流通、通信、公共交通分野などの仕事が該当します。その言葉には、感謝や尊敬の念が込められており、世界各地でそれを伝えるブルーライトアップ運動なども行われました。

一方で、これらの職種は感染リスクが高く、それに見合った賃金が保障されていない問題や、仕事に従事することでコロナの感染を広げるのではないかと本人やその家族への心無い差別や風評被害の問題も発生しました。

三重県社会福祉協議会が二〇一八年に行った中学二年・高校二年生への調査によると、子どもが福祉の仕事に就くことについて「あまり勧めたくない」とする親が増加するとともに、進路指導の教師も福祉の仕事に対し「厳しいイメージをもっている」とされていました。

二〇二〇年からのコロナ禍にあって、私は岐阜県内で福祉人材を確保する無料職業紹介所の仕事に取り組んでいましたが、コロナ禍で職を失った方々が福祉の仕事を求め、求職登録をして採用に至る件数が思ったほど伸びて来ないと感じていました。福祉施設ごとに職員採用ルートが多様化していることも背景にありますが、若年層が進路選択としてエッセンシャルワークに関心を示すのとは別に、コロナ禍で福祉施設での職場体験や介護実習などがままならない現実があることが原因ではなかったか、と見ています。

エッセンシャルワーカーの仕事は、危険と隣り合わせの仕事という面もありますが、今後とも社会に欠かせない仕事として評価が高まっています。二〇二一年二月からは我が国でも新型コロナウイルス感染症に対するワクチン接種が始まりましたが、未だ新型コロナウイルス感染症の終息が見えない状況が続いています。エッセンシャルワーカーが過酷な状況に陥ることなく、志をもって社会的な役割を担い続けられるようになることを、願ってやみません。［二〇二一年三月記す］

## ●言葉を伝播させるメディアの影響力

現代社会は、メディアが権力を握る時代といっても過言ではありません。選挙時の投票行動や、時の政府の政策決定に、また市民の消費行動や経済活動など日常生活に、メディアが大きく影響を与えるようになっています。

さらに、ソーシャルメディアの発達で、市民の行動に変化が見られる今日ですが、現代社会の諸問題に関し、メディアの言葉が社会に影響を与える実例について考えてみたいと思います。

### (1) 原発問題

二〇一二年に入り、毎週金曜日の夜、東京にある千代田区永田町の国会議事堂周辺が多数の市民で溢れるようになりました。二〇一二年六月に政府が決定した関西電力の大飯原発の再稼働に反対するなど、「原発いらない」と抗議するデモの参加者は数万人にも及び、国会議事堂や首相官邸を取り囲みました。首都圏の反原発のネットワークの人たちが呼びかけ、子供を抱える主婦や学生、サラリーマンなど一般市民が多く参加しました。

一九六〇年、一九七〇年のいわゆる安保闘争の時、当時多くの学生が国会議事堂を取り囲み、警察との衝突で死者まで出たことがありましたが、その時と比べると、鳴りものの太鼓と拡声器、そして参加者の抗議のシュプレヒコールといった程度で、参加者の数の多さを除くと、比較的穏やかなデモだったと言えましょう。一番違うのは、参加者の情報入手の方法です。インターネット上に、原発反対のこの集会のサイトがあり、これに集会の案内が掲載されました。この情報が、ツイッターやフェイスブックといったソーシャルメディアの力で一気に市民に広がり、関心を持つ大勢の参加者を集める結果となりました。

二〇一〇年から二〇一一年にかけて、アラブ世界で発生した大規模反政府デモや抗議活動は「アラブの春」と呼ばれましたが、チュニジア、ヨルダン、エジプト、リビアなどで内戦や騒乱状態となり、政権が次々と崩壊しました。これらの革命の背景として、ソーシャルメディアの役割が大きかったと指摘されています。

二〇一一年三月一一日に発生した東日本大震災による福島第一原子力発電所の事故に端を発し、この年の夏は全国的に節電モードでした。国民が家庭でも職場でも節電に務めたことは、記憶に新しいところです。この年、「脱原発」を口にした菅直人総理でしたが、その後

「減原発」の方向を示されました。同じ年の七月に秋田県で開催された全国知事会議では、滋賀県と山形県の女性知事が「卒原発」を訴えられました。

二〇一二年の八月に行われたメディアの世論調査があります。二〇三〇年時点で望ましい原発依存比率を、政府が示した三つの選択肢から問うものでした。朝日新聞社によると、「0％」が43％、「15％」が31％、「20から25％」が11％でした。NHKによると、「0％」が36％、「15％」が39％、「20から25％」が15％でした。メディアによる世論調査結果の違いが現われていますが、この年一二月に衆議院議員選挙がありました。もしその選挙で「脱原発」をワンイシューで争われたらどういう結果になったのでしょうか。しかしながら、「脱原発」という危うい言葉が大きな争点となることはなく、この選挙ではデフレ脱却など経済問題を前面に出して戦った自民党が議席を増やすこととなりました。前述の毎週金曜日の原発反対の市民ネットワークの勢いも、この頃から弱まっていったように思います。

当時「脱原発」という言葉を巡り、日本の社会が大きく揺さぶられている状況でした。原子力は電力製造にとって最も効率的と言われ、近年では発展途上国でも原子力発電を積極的に導入し、日本の原子力技術を海外に売り出そうとしていた矢先でした。発電効率とは別に、一旦原子炉の爆発などが起きると、取り返しのつかない損失を被ることが改めて認識されるに到りました。

日本は広島、長崎で被爆した世界で唯一の国です。その後原子力の平和利用に力を入れてきた日本。日本から原子力技術者がいなくなりＩＡＥＡ（国際原子力機関）での発言力がなくなることを懸念する声もあります。二〇一五年にパリ協定が採択され、地球規模の課題である気候変動問題解決に向け、世界共通目標として、産業革命以前に比し世界的な平均気温の上昇を一・五度Ｃに抑える努力を追及することが謳われました。そのため、ＣＯ２をはじめとする温室効果ガスの排出量削減が求められており、日本が依存してきた火力発電の見直しや、電力供給源としての原発の役割が再び評価されつつあります。原発問題に関しては、よくよく言葉使いを慎重に行い、エネルギー政策の大方針を国民の意向も探ってとりまとめていくことが重要だと思います。

## (2) 公文書の「書き換え」問題

二〇一八年三月二七日、第四次安倍内閣における第一九六通常国会予算審議期間中に、森友学園への国有地の特例貸付・売却問題で、元財務省理財局長が国会両院における証人喚問に立ちました。森友学園に国有地を貸し付けるにあたっての特例処理を承認した決裁文書の

「書き換え」の理由等については、「刑事訴追のおそれ」があるからと明言は無く、一方で総理や大臣などの指示はなかったとの答弁でした。

この問題では、私立学校を経営する大阪の森友学園が、近畿財務局から特例的に国有地の貸付を受け、また土地に新たに見つかったごみの撤去費を値引きして売却されるなどの便宜を図られたのではないか、またその背景として総理大臣への官僚の忖度があったのではないか、といったことが取り沙汰されました。特に二〇一八年に入り、財務省の関係公文書から、政治家や総理夫人の名前などが削除されたことが新聞社の調査により報道されると、公文書の改ざんではないかとの野党の追及を受けることになりました。

元理財局長は、二〇一七年七月には国税庁長官に昇任しましたが、二〇一八年二月の国税確定申告期に当たり、各地で「国民は国税の申告に領収書などの保管を義務付けられるのに、財務省は大事な公文書を廃棄したなどというのは納得できない」といった声が高まり、内閣支持率が低下するに及んで、政府・自民党もそれまで拒んで来た元理財局長の国会証人喚問を受けざるをえなくなったのでした。

公文書の一部を削除したことが意図的に行われた場合、背任罪や公用文書毀棄罪が成立する可能性があり、それを誰が指示したのかが大きな関心事となりました。森友学園への国有地貸付にあたっての特例処理承認文書の一部削除（書き換え）が、元理財局長自らの国会答弁のつじつま合わせのためなのか、さらには総理の国会答弁とのつじつま合わせのためなのかが追及されました。

いずれにしても、この問題で力を発揮したのは、メディアが連日紙上や映像を通じて発し続ける言葉によってでした。政府内の情報の入手、本件に係る与野党の攻防の一部始終の報道、国民の声の取材と内閣支持率調査の実行といったプロセスを経て、本件に関する政府判断の変更が導き出されました。もっとも、これは現在の我が国が言論統制などが行なわれていない民主主義国家であることの証でもあるのですが。

なお、この間「忖度」という言葉が二〇一七年の流行語大賞にまで選ばれました。「忖度」という言葉自体は「他人の心中をおしはかること」という意味で、善悪の判断とは別のものですが、今回の公文書の「書き換え」問題で話題になった官僚の忖度が、政府あるいは財務省の組織を守るためのものなのか、人事権を持つ者に対する阿諛なのか、ということでした。しかし、もし人事権者に追従するために違法なことに手を出したとしたら、それこそ公務員の身分を失いかねない、ということではないでしょうか。

二〇二一年一二月一五日、森友学園をめぐる財務省の公文書「書き換え」問題に係る国家賠償請求訴訟は、国側が請求を認め終結しました。この件で自死した元財務省職員の妻である原告は、真相究明ができなくなったことに憤りをあらわにしたと報道されました。

# 視点３　耳で聞く言葉、目で見る言葉

## ●伝わるには聴覚的要素、視覚的要素も必要

言葉の伝達力には、聴覚的要素と視覚的要素があります。そのいずれもが言葉の力となりうるという考えに立ち、それぞれの具体例を見ることとします。

「音楽は言葉の媒介者」「頑張れ、頑張れ神戸」は聴覚的要素が言葉の伝達力を支える例、「書に化体した言葉」は視覚的要素から言葉の伝達力を観察した例として、いずれも自身が体験したことを述べたものです。「コミュニケーションにおける言葉の役割」は、少し視点を変えて、言葉が力を持つには言語情報より聴覚や視覚といった非言語情報の要素が大きいことについて述べたものです。

### (1)　音楽は言葉の媒介者

二〇〇九年末のＮＨＫ紅白歌合戦は、「歌の力」をテーマに開催されました。その中で、ア

ンジェラ・アキの『手紙―拝啓十五の君へ』を聞きました。時々立ち上がってピアノを弾きながら、熱唱するアンジェラさん。歌の中で、自分とはどういう存在で、またどこへ向かうべきなのか、そのことを問い続ければ答えは自ずと見えてくる、と自問自答しています。負けそうになり、消えてしまいかけの時は、自分の声を信じて歩けばいいのだ、と続きます。そして、自分の道を信じて進め、といった内容の歌となっています。全国の多くの中学校の卒業式で、卒業生が涙ぐんでこの歌を合唱する姿が映し出されていました。

私の長男も、この歌が好きだと聞きました。長男は、十五歳の頃、自分の進む道に悩んでいるように見えました。その後五年ほど親子のコミュニケーションが希薄となりましたが、今では自分の道を模索しながら一歩一歩進んでいます。

郷土岐阜県の誇る幕末の儒学者佐藤一斎の『言志四録』の言葉を思い出します。

「暗夜に提灯を掲げて行く。ただ一灯を拝め」（『言志晩録』一三条）

提灯の灯は、十五歳の子供にとっては、自分の頼るべき杖であり、同時に自分はこの道を行くんだという自身の確固たる信念の灯とせよ、ということではないかと思います。

歌の力。そして音楽の力。中学を卒業する十五歳の子供たちは、大人になる手前で、社会の矛盾などを感じはじめ、悩み、苦しむのでしょうか。その後、卒業歌といえば『旅立ちの日に』などが流行したようですが、卒業式にこの『手紙―拝啓十五の君へ』を歌った中学校では、音楽の授業で何度も練習をしたことと思います。「自分を信じて進め！」というメッセージは、四拍子のリズムに乗って、若者の心に響くのではないかと思います。親への反発や社会への抵抗を感じる若者の心には、理屈や道理を説いても受け入れ難いものがあるでしょう。歌は、リズムとメロディーを伴って、若者の心に沁みわたるのだと思います。リズムやメロディーから入って、これが心に沈殿していく。そしてこれを繰り返し歌ううちに、歌詞も心に記憶されていくのだと思います。

そのうちに、歌詞を見なくとも自然と歌えるようになるのだから不思議です。そして、「自分を信じて・・・」と口ずさむほど、「自分を信じる」勇気が湧いてくるのではないでしょうか。音楽は、言葉を伝える媒介者であり、言葉の意味を体得させる触媒のようなものではないか、と私は思います。

## (2)「頑張れ、頑張れ神戸」

二〇一〇年一月一七日は、阪神淡路大震災から一五年目のその日にあたりました。この日に併せて、地元神戸では様々な行事が行われました。各種報道番組もある中で、フジテレビ系の「阪神・淡路大震災から一五年　神戸新聞の七日間」というドキュメンタリードラマを見ました。震災で崩壊した神戸のまち。震災直後からの七日間に、地元新聞社の記者たちが見たもの感じたものを、そして新聞社がとった行動や関係者が協力しあう姿をドラマ化して描いていました。

創業以来一一〇年間休刊したことがない神戸新聞社の記者たちが、震災直後の困難を乗り越え、その日の夕刊からの発行にこぎ着けたと知りました。大震災と同時に、神戸新聞社は被害を被り、編集局のフロアはめちゃめちゃの状態に。写真部も自動現像機が横倒しになり、またホストコンピューターが壊れ、新聞が発行できない状況となったそうです。編集局長は思案の末、生きていた回線を使って同業の京都新聞の編集局長に電話をしました。京都新聞の編集局長も、大震災の神戸の状況を察し、自社の機械を使って、神戸新聞の発行を手助けすることを約束しました。予め、両社の間には災害の際の相互応援協定が結ばれていたそうです。神戸新聞の苦難に思いを致し、可能な限りの協力をして即座の発行を手助けした京都新聞社の姿に、私は何より心を動かされました。

苦難の末こぎつけた震災直後の新聞紙面は、頁が少なかったようです。見出しは、死者の数や被害の大きさを伝えるもののようでした。自分たちも被災し、不眠不休で取材を続ける記者。被害者にカメラを向けることを躊躇い、悩み続ける記者。そういった被災地の生々しい取材現場が映し出されていました。記者たちは、修羅場と化した世界で人々に何を伝えたらいいのか、その報道の意味を問い続け、ついには「希望」というものを発信することに向かっていったそうです。そして、「生きる」という大きな見出しが躍るようになり、報道内容は人々に勇気や希望を伝えるものに変わっていったと言います。

震災後七日間が経ち、京都新聞社内の一角を借りて編集作業を続けて来た神戸新聞の整理部長たちスタッフが、京都新聞社を立ち去る時が来ました。神戸新聞の整理部長は、京都新聞社側の七日間にわたる多大な支援に対し、深く感謝の言葉を送りました。「本当にお世話になりました」と。これに対し、京都新聞の編集局長は、被災した神戸の人たちに、「幸せを運べるように祈っている」というような挨拶をし、その後心からのエールを送りました。

「頑張れ、頑張れ神戸、頑張れ、頑張れ神戸。頑張れ、頑張れ神戸、頑張れ、頑張れ神戸。」

私は、自分の眼から大粒の涙がこぼれ落ちるのを止めることができませんでした。そして、私も思わず心の中で一緒に叫びました。

「頑張れ、頑張れ神戸、頑張れ、頑張れ神戸。」

このエールは、大震災に遭った直後の神戸の人たちへ、そして、神戸の大震災で傷つき、そこから立ち直りゆく人たちへの応援メッセージです。と同時に、阪神淡路大震災から一五年経って、このテレビ番組を見ている全ての人たちへの激励の言葉でもある、と思ったことでした。その後二〇一一年三月の東日本大震災をはじめ、各地で巨大地震が発生し、その都度関係者の並々ならぬ対応がとられて来ました。が、私の耳には、この時の力強い「頑張れ神戸」のリフレインが今も蘇って来るのです。

## (3) 書に化体した言葉

二〇一二年一月に京都を訪れた時、建仁寺に立ち寄りました。本坊内の大書院に置かれた国宝「風神雷神図」の屛風絵。これに並んで書家である金澤翔子さんの「風神雷神」の書が、やはり屛風に仕立てられて設置されていました。この絵は、翔子さんの母親で書家の泰子さんが、風のイメージ、雷のイメージを娘に伝え、翔子さんが四文字の書に挑戦することになったものでした。書き上がった風神雷神の四文字は、右端から中に向けて風神、左端から中を向き雷神という俵屋宗達筆の絵の配置と合致していました。

これ以前のテレビ番組で、ダウン症を抱えながらこれを克服し、これをむしろ強みとして生きる書家金澤翔子さんの特集を見ました。翔子さんは、「花鳥風月」の四文字にも挑戦していました。母親がダウン症の娘に、幼い頃からその才能を見出し、書を教えて来たとお聞きしました。そのテレビ番組では、公園を二人で歩き、母親が娘に鳥や花を教えていました。そして翔子さんは、身体一杯に空気を吸い込んで、風を感じていました。翔子さんの父親は、彼女が十代前半に心臓の発作で亡くなられたそうです。その時母親が、「お父さんはあなたの胸の中に入ったんだよ」と教えたのだそうです。その日の公園では、父親が翔子さんの元へ風となって降り立ったのだと報じていました。そして書き上げた「花鳥風月」。その「風」という一字は、まさに風の流れるような様子を表すとともに、父親から賜った生の力を感じさせるような素晴らしいものでした。

番組では、勝ち負けなど人間社会にある見栄や欲望とはおよそ無縁な、翔子さんの「無の心」といったものが、「自然」と合体した書となっていることを伝えていましたが、そのことが人の心を打つのだと感じました。翔子さんにとって、また彼女の母親にとって、書は生きる力そのもののようです。そして、それに触れる私たちは、また彼女の書から生きる力を賜るのだと思います。「障がい者アート」という世界があります。作者はありのままの自分を描き、純粋で無垢な世界を表現しています。障がいを持った作者は、何かを伝えようとはしていない、人からどう見られているかには無関心だと言われます。しかし、必ずしも人に伝えたいとは思わないが、人に伝わる作品がそれらの中にあります。翔子さんの作品は、そんな作品の一つではないでしょうか。

書に化体した「風」という言葉が、字体の姿から自然界での風の姿を彷彿とさせるのみならず、その筆致から命の力さえも伝えて来るということを、金澤翔子さんの書から学びとることができると思います。

### ⑷　コミュニケーションにおける言葉の役割

メラビアンの法則というものがあります。これは、アメリカ合衆国の心理学者アルバート・メラビアン（一九三九〜）が行った実験結果から導き出されています。感情や態度につき矛盾したメッセージが発せられた時、人々の受けとめ方はどうかというと、話の内容などの言語情報が7％、口調や話の早さなどの聴覚情報が38％、見た目などの視覚情報が55％の割合で影響を受けていた、とされるものです。「好意・反感などの態度や感情のコミュニケーション」において、メッセージの送り手がどちらとも取れるメッセージを送った場合に、メッセージの受け手は声の調子や身体言語といったものを重視する、とも言われています。

人に伝わる言葉というものは、実は言語以外の情報によって、その伝達力が大きかったり、小さかったりと影響を受けるものなのですが、このことは福祉サービスの利用者支援の現場を見ると理解しやすいと思います。例えば、精神障がい者の方は健常者の大きな声に怯えたりすることがあるので、そういった施設ではスタッフの方が細心の注意を払っていると聞きます。また、老人施設では、笑顔で接すると認知症のお年寄りが穏やかな気持ちになれるので、スタッフの方はお年寄りに寄り添う時、笑顔を心がけていると言います。福祉は対人援助サービスと言われ、サービスの利用者に接するスタッフのコミュニケーションのとり方は極めて重要なことなのですが、とりわけ発する声のトーンや顔の表情といったものが大事になってきます。

二〇二〇年から始まった新型コロナウイルス感染症対策では、コミュニケーションの手段として、インターネットを活用したオンラインの面会・面接や会議などが盛んに行われています。これに参加し、オンライン機器を実際に活用してみると、オンライン面会の場合はリアルの場合に比べ、言語以外の表情や姿勢、声の強弱や高低などが掴みにくく、コミュニケーションの効果が十分でないと感じられました。これもメラビアンの法則を証明するものではないかと考えています。身近な医療や福祉サービスの現場などで、患者やサービス利用者に対し、その意思を正しく掴み、その方々に判断結果を適切に伝えようとするならば、言語としての言葉のみならず、それ以外の要素に十分気を付けなければならないでしょう。

また、医療や福祉に限らず、接客やおもてなしを業とする対人サービスの世界などでは、コミュニケーションをとる場合、言語に加え言語以外の視覚や聴覚の役割が比較的大きいと言えるでしょう。言葉が力を持つには、そうした言語情報以外の表情やトーンも含めたトータルな意味での言葉の役割が必要になってくるものと考えられます。したがって、コミュニケーションにおいては、言語としての言葉の役割は限定的であるとともに、言語のみの力を過信してはならないのだ、と私は思います。

# 第二章　言葉の力の復権をめざして

## ●閉塞感を抜け出し明るい未来を

本書の冒頭で、政治の世界などで言葉が力を弱めた時代、ということについて触れました。言葉が力を失うと言われる現代社会です。戦時に権力者が空虚な言葉で国民を導き、受信者の反発や拒否を招く、またテレビやインターネットなど情報媒体の増加により、映像が言葉に替わって人々の思考を左右する、といったことで言葉がその力を失うとの見方が一般的のようです。しかしながら、私は自身が体感した言葉の力を考える時、閉塞感のある時代を克服してそこから抜け出すためには、やはり言葉の力が有効ではないかと考えています。

言葉が力を持つかどうかは、言葉を発する者と言葉を受け取る者との間で信頼関係が成り立つかどうか、が重要だと思います。その信頼関係が成り立つ時、また言葉を受け取る側が素直にその発信者と向かい合う時、言葉の示す意味・内容が言葉の響きをもって、受け取る者の心に粛粛と伝わるのだと思います。この力を得た時、未来は開けてくるのだと私は考えています。

令和の時代になって始まった新型コロナウイルス感染症のパンデミック、各地で頻発する地震災害、地球温暖化や異常気象による豪雨災害など、私たちのまわりには生活を危うくする自然の脅威があります。また我が国では、少子高齢社会の進行、経済成長と分配の問題などがあり、社会構造上の課題を抱える中、各地で生活困窮者が増加しています。

第二章では、今の「生きづらさ」を感じる方々に、その一歩を踏み出す力となりうる言葉について、自身が考え、感じたことを述べてみたいと思います。

## (1) 子供たちの力を信じて

岐阜県出身の臨床心理士信田さよ子氏（一九四六年生れ）が、著書『子供の生きづらさと親子関係』（二〇〇一年六月　大月書店刊）の中で述べられています。「今の親子間で起こっていることは・・・、言葉が通じなくなっている、意味を共有できなくなっているという、根源的な断絶なのです」と。信田氏によると、自分たちの時代には、親たちは戦時中の体験をよく持ち出し、「今の若者はぜいたくだ」などと言い、子供たちは学生運動に加わる人も多く、親の世代を「古い」、「非民主的」と反撃するなど、世代間ギャップは埋めようもないとすら思えたと。しかし、現在の親子関係は様相が異なり、「努力すれば報われる」というような言葉は今の子供たちには理解されず、「うざい」「めんどくさい」という脱力系の言葉が返ってくるだけ、とされています。

親が「努力」「頑張り」といった力の入った生き方を子供に強制することが親の務めであり、愛情であると思って疑わないのに対し、低成長期に入り、頑張ったって自分たちの将来はそこそこだと思う子供たちにとっては、そのことが親の「支配」としか感じられず、そうした親のもとで生きるしかない子供たちの感覚が「生きづらさ」として表現されていると、現代の親子関係を分析されています。

我家では、子供の進学の時期に、親子のコミュニケーションが希薄となることがありました。学歴社会ではより良い大学に進学することが大事で、そのためには人より勉強し、相当努力しないといけないと私は思い込んでおり、それを無意識のうちに子供に強制していたのでは、と反省しました。私が二年間の東京勤務の間、東京で大学生活をする息子と接する機会に恵まれたこともあり、親子のコミュニケーションは、徐々に改善して行きました。

前述の信田氏の著書には、「若い世代ほどその時代の空気に敏感です。なぜなら小さくて力のない存在ほど、その時代への適応が死活問題だから」とあります。今日の若い世代の人達は、我々の時代より、将来のことについてしっかり考えているように思います。「努力しても報われない」と承知すればこそ、どのように生きたらよいのかを考えています。自身の将来のことについて、何とか食べていければいいと考える若者も少なくないように思います。

一方で、今日の若い世代の人達に、「社会の役に立ちたい」という意識を強く感じるのは私だけでしょうか。海外留学生が減少し、海外勤務を嫌ったり、将来の出世を必ずしも望まない若者が増える反面、ＮＰＯを立ち上げたり、社会事業を手掛ける若者も出現しています。親が自分の価値観を子に押し付けるのではなく、こうした子供たちの考えを信じようではありませんか。これからの社会を担う子供たちの直観力に賭けようではありませんか。

## ⑵ 愛を叫ぶ

二〇〇九年五月五日の花フェスタ記念公園でのこと。子どもの日の行事で、子供たちがマイクに向かって叫ぶ絶叫大会が開かれました。

「パパ、おもちゃ買って！」

この時の映像は、その日のＮＨＫテレビニュースで流されました。

その五日後の五月一〇日のこと。今度は母の日の絶叫大会です。妻たちが、マイクに向かって叫びました。

「お父さん、いつもありがとう！」

「あなたは、家のことを全部私に押し付けて、放ったらかしなんだから！」

一月後の六月二一日のこと。三回シリーズのこの企画の最後は、父の日の絶叫大会です。今度は父親側からの逆襲がありました。

「おれだって、頑張ってんだよ！」


岐阜県可児市にある花フェスタ記念公園（現在は、「ぎふワールド・ローズガーデン」）は、二〇〇六年四月にＮＰＯ法人地域活性化支援センターが「恋人の聖地」に選んだラブパワースポットの一つです。我が国は、人口減少、経済活動の停滞、それと自殺者の急増などで、まさに閉塞感に満ちています。こうした中、この「恋人の聖地」で、大切な人に向けて愛を叫ぶイベントが行われました。

マイクの前で、最初はためらいがちであった出演者ですが、次第に叫び声が本物になっていきました。愛を叫ぶ人も、その言葉を聞く人も、胸がキュンとなる瞬間がありますが、その時脳が大きな刺激を受け、アドレナリンなどの分泌が盛んになるようです。

叫び手は、自ら愛の言葉を口にすることで、己を鼓舞します。聞き手は、愛の言葉を耳にすることで、叫び手と同様な世界を想像します。言葉からイメージを膨らませるこの力は、人間に固有のもののようです。

二〇〇四年にブレークした、「世界の中心で愛を叫ぶ」という映画がありました。いわゆる「セカチュー」ですが、愛を叫ぶ人は自分の世界に浸り、世界は自分を中心に回っているように感じるようです。この独断こそが、人に勇気を与えたり人を蘇らせたりする言葉の源泉であるように、私は思います。

### (3)「ママの所に会いに来た」

二〇一一年五月、ＴＢＳ系列テレビで、「生まれる」という番組を放映していました。夫に先立たれた五〇歳過ぎの女性が、身籠った子どもを産むかどうか、子どもたち家族の賛成や反対を描きながら、高齢出産の問題を正面から捉えた作品でした。五月二〇日に放映されたその番組では、それまで母の高齢出産に消極的だった長女が、ダウン症の子どもに接したことを契機に、理解を示すように変わったことを取り上げていました。その中で、産婦人科医が書いたとされる「ママへのちょっと早めのラブレター」という詩が朗読されました。

高齢出産は、医学的に見て、母体への危険のみならず、ダウン症など生まれてくる子どもへの危険が指摘されていますが、この詩は、ダウン症の子どもで生まれてくるかもしれない胎児が母親のお腹の中から発するメッセージ、という内容のものでした。

「今日はお腹の中から　ママへの早めのラブレターを書きます」で始まりますが、「僕はママのことを愛しています（略）だから僕はママの所へ来たんです」「もしこのままママに会うことが出来たら　ママを全力で愛すよ」「ママはもしかしたら　僕に会ったらガッカリすることもあるかもしれない（略）だけど　僕は　ぼくなりに頑張ってみる　ママを幸せに出来るように　頑張ってみる」と続く内容です。

「子どもは天からの授かりもの」、とも言います。が、この詩は、子どもが親を求めてやってくる、という考え方に立っています。子どもをつくることが親の責任で行われるべきことは誰も否定できないことですが、子どもの方から親を求めてこの世に誕生するという考え方は、とても新鮮な考え方ではないでしょうか。
そこには、子どもを授かったことへの畏敬や感謝の念が感じられますし、何よりも生まれてくる子どもを区別せず、そのまま受け入れて、子どもとともに生きていくことの大切さを伝えているものだと思います。

科学の進歩で、検査や診断により生まれる前の胎児の状況がわかるようになり、その結果人工中絶の道を選ぶことができるようになりました。人工中絶する母親に、様々な事情があることも現実ではありますが、そのことが人間として果たして正しいことだろうか、という生の根源に関わる問題が突きつけられています。
この世の中には、障害などを抱え苦労されている親御さんがたくさんいらっしゃいます。障害児なども親として素直に受け入れるのは当たり前、とまで断言する力を私は持ち合わせていません。が、天から授かり、彼方から親を求めてこの世界に誕生しようとする子どもを、だれが阻止できるのだろうか、とも思います。

「たまに　ママは　寂しそうだよ　辛そうだよ　だから　ママの所に行くね
ママ・・・ちょっと早いけど　好きだよ　愛してる

ママ・・・ちょっと早いけど　ずっと好きだよ
ずっと　ずっと　愛してる」
と、この詩は結んでいます。

## (4) 子どもは社会で育てる

日本社会は、戦後の高度成長の過程で核家族化が進行しました。また、一九八六年四月の男女雇用機会均等法の施行を弾みに、女性の社会進出が進む一方で、我が国の出生率は低下して行きました。※1　戦前には、隣近所の大人が子どもたちを見守ったり叱ったりして、子どもたちは育っていました。「子どもは社会で育てる」という考え方は、子どもをこうした近隣社会で育てる、という意味のみならず、二〇〇九年に我が国に誕生した民主党政権の「子ども手当」など、税金等を使って子育てを支援するという考えがあると思います。

フランスでは、「保育ママ」といって訓練を受けた人たちが近所の子どもを有料で預かる制度があり、これを利用する人の割合は、保育所の利用者の割合を上回っていると言われています。厚生労働省はこれに習って、保育所の待機児童解消対策のため「家庭的保育事業」を行っていますが、日本では、近隣の専門スタッフに子どもを預けるという機運は未だ高まっているとは言えません。

我が国では、戦後「三歳児神話」が定着していました。「三つ子の魂百まで」ということで、三歳までは自分の手で子どもを育てたいと考える親が圧倒的に多かったように思います。少子化の進行に危機感を感じ始めた政府は、一九九八年の厚生白書（小泉純一郎厚生大臣）で、「三歳児神話は終わった」というメッセージを打ち出しました。

ところで、我が国で戦後少子化が深刻化した背景には、一九四一年一月に「産めよ増やせよ」という閣議決定を行ったことの影響もあるのでは、と私は考えています。多産奨励は戦士を増加させるための策で、同盟国であったドイツやイタリアでも行われ、両国ともこれに対する嫌悪と反省の結果、少子化が進行した一面がある、との分析があります。

女性が社会で働くために、子どもを社会で育てる、それにより出生率の向上を図ろうとする考え方は間違っていないと思います。そのための「ワーク・ライフ・バランス」※2　の推進でもあると思いますが、少子高齢化の問題解決の原点とも言うべき少子化克服のために、一定の目標設定や、より強いメッセージの発信が重要ではないかと考えています。

二〇一五年一一月、安倍内閣が我が国の「希望出生率」※3　一・八という目標を掲げ、戦後初めて政府が公式に出生率目標を示したものと注目されました。二〇二〇年五月に策定された「少子化社会対策大綱」でも、「希望出生率一・八」を目標に令和の時代にふさわしい少子化対策を進めることとされています。

私は二〇〇八年度、岐阜県の少子化対策の仕事を一年間担いましたが、少子化対策は一朝一夕で成るものではなく、経済雇用状況の改善、男女の意識改革、そして子どもを社会で育てられる強力な環境づくりといった総合的な対策が必要である、と考えているところです。

※1　最近の「合計特殊出生率」（一人の女性が一五歳から四九歳までに産む子供の数。現在の人口規模を維持するには、これが二・〇七以上であることが必要）

二〇二〇年　一・三三　令和四年版『少子化社会対策白書』（内閣府）より

※2　「ワーク・ライフ・バランス」については、本書第三章(7)を参照

※3　「希望出生率」とは、合計特殊出生率のうち、こどもを望む全ての人が希望する人数の子どもを産んだ場合の出生率で、合計特殊出生率より大きい数値となる

## (5)「アイ・キャン」

かつて日本の女子プロゴルファーの方の優勝インタビューで、次のような話をお聞きしました。それまでは、ドライバーにせよパターにせよ、“have to”という意識で取り組んできたが、あるとき意識改革をし、“I can”という意識でゴルフをするように変えて、スコアがアップしたと。

戦後我が国の高度経済成長社会において、多くの人々が一種の義務感のように、社会的な役割を果たすべく汗をかいて来たように思います。私自身も、そうした気持ちで仕事に向き合って来たという面がありました。昨今の日本社会はどうでしょう。わが国は二〇〇八年をピークに総人口が減少に転じ、いわゆる人口減少社会に突入しました。人々の所得は増えず、国民生活は金銭的豊かさを喪失しつつあります。自殺者が増加するなど、閉塞感や先行きの不安感に苛まれている人も少なくありません。

こうした時代にあっては、何かをなさねばならないという思いは、却って自身を追い詰めることにもなりかねません。それが達成できない可能性が高まる一方で、自己の呪縛からは解放されず、その結果精神を病む人もいらっしゃるのではないでしょうか。“I can”、“You can”という言葉には、人々をリラックスさせ、不安や迷いに囚われている人々に一種の自信を持たせる力があるように思います。

アメリカ合衆国の第四十四代大統領のバラク・オバマ氏は、二〇〇八年の大統領選挙のキャンペーンの中で、“Yes You can”を連発し、保守党からの政権奪還に成功したことが思い出されます。“Yes I can”、“Yes I can”と何度も唱えるだけで、自分も何かできるのではないか、という力が沸いてくるではありませんか。

## (6) 祈りの言葉

二〇一二年五月、我が家では亡き母の十七回忌法要を営みました。この前日には、過日亡くなった遠縁者の三十五日法要が近所の家でありました。いずれも浄土真宗の宗派の家であり、読経の最後は、「帰命無量・・・」と唱える正信偈ですが、これだけは参列者も本を見ながら一緒に唱えるのです。その正信偈に、何度も繰り返し出てくるのが「南無阿弥陀仏」という称名念仏の言葉です。

「南無阿弥陀仏」を唱えれば浄土へ行ける、と民衆に説き布教を進めたのが鎌倉時代の法然と親鸞です。「念仏を唱えさえすれば極楽へ行ける」という他力の考え方は、大衆には受け入れ易いものでしたが、臨済宗の栄西などは座禅によって悟りを得る自力の道を説き、これに反対しました。

私の父は大正一四年生まれで、平成三〇年一月に亡くなりましたが、晩年は毎日の御勤めを欠かさず、夕食前にはこの正信偈を唱えていました。平成八年に妻に先立たれた後、唱える声に力が入るようになりました。

称名念仏とは仏の名を称えることですが、口に出して「南無阿弥陀仏」を唱えることにより、唱えた人の心が救済されると感じることが大事であると、私は思います。「南無阿弥陀仏」と口に出して祈ることによって、今生きていることを「有り難い」と感じ、それにより仏に少しでも近づくことができるのではないか、と考えます。「南無阿弥陀仏」と口にすることで救われる思いになる、という言葉の力がここでも働くのだと思います。

心理学の世界では、感謝の気持ちを持つことがストレス解消につながる、といった研究があるようですが、私は感謝することと祈ることとは不即不離の関係にあるのでは、と感じています。

古今東西、宗教が人々の暮らしを支えてきたことは疑いようがないでしょう。祈ること、祈りの言葉というものが、人々の生きる力となっていると思うし、祈ることにより今の「生きづらさ」から解放されるのではないか、と私は思います。

## (7)「OK!」

社会生活において何らかの役割を果たすには、物事を判断するための知識や分析力と、物事を成し遂げようとする勇気や行動力が必要です。後者はヒトの意志の力ですが、そこから湧き出た「OK!」という言葉に関するお話を二つ紹介し、その所感を述べてみたいと思います。

東日本大震災直後に発生した、福島第一原子力発電所放射能漏れ事故の現場対策の詳細を、二〇一二年一二月に出版された『死の淵を見た男　吉田昌郎と福島第一原発の五〇〇日』（門田隆将著　PHP研究所刊）で知りました。

津波で電源喪失した原子炉は冷却機能を失い、原子炉の格納容器が高温・高圧状態になりました。容器が爆発して放射能が飛散することを防ぐため、中の圧を外に逃がす「ベント」という作業が求められました。そこでベテランの現場責任者たちで「決死隊」が編成され、防護服に身を固めた隊員たちが、携行する線量計をチェックしながら、「ベント」を実践された時のことです。

最初に原子炉建屋に突入し、格納容器に向かった「決死隊」の二人が、ついにベントのためのバルブを開いた時の言葉が印象的でした。「『ＯＫ！』万感を込めて叫んだ。『了解』でも『大丈夫』でもなかった。『ＯＫ！』という言葉が迸った。」

その時の二人の心境が書かれています。「無論、格納容器を守れなければ、自分や家族の命だけでなく、日本そのものがだめになる。だが、そんなことを考える余裕はなかった。かれらの頭の中にあるのは、ただ、『格納容器を守る』ということだけである」と。バルブを開けた二人は、「建屋を出る二重扉に手をかけた時、ほっとした感情がこみ上げた」とのことでした。

他のことは考えずに、ただ真っ直ぐに目的に向かい、それに手が届いた瞬間に出た言葉が、「ＯＫ！」でした。ＯＫとは、all correct　の綴り誤りoll korrectを略した言葉として一九世紀のアメリカで使われて以来、世界中に広まったといわれていますが、日本では「合点だ」「よしっ」といった意味で使われています。この本を読んだ頃、たまたまテレビで同じ言葉を耳にしました。

それは、二〇一三年四月に放映された番組「プロフェッショナル」（ＮＨＫ）に登場した脳外科医の「ＯＫ！」という言葉でした。脳外科医は、カテーテルを駆使して脳の動脈瘤などを手術する「コイル塞栓術」で日本屈指の腕の持ち主とのことです。番組の中では、くも膜下出血で担ぎ込まれた男性患者の、破裂状態の脳動脈瘤にコイルを詰めて止血する手術に成功し、翌日、後遺症もなさそうであることを確認した時にこの言葉が出ました。術後の患者に、手を出させてグー、チョキ、パーを試し、これができると、先生の口から「ＯＫ！」の言葉が零れました。「結果が全て」という脳外科医の世界です。番組全体を通し、「絶対に逃げない」という医師としての覚悟と、「大事なことだけに気を遣う」という脳外科医の生き方から、「ＯＫ！」という言葉は出て来たのだと思いました。

難しい問題に直面した時、あるいは煩悩に取りつかれて判断が鈍った時、原子炉建屋に真っ直ぐに「ベント」に向かった前述の二人や、逃げずに患者と向き合い結果を出そうと奮闘する脳外科医のように、勇気と「大事なこと以外は考えない」くらいの集中力をもってすれば、大抵の物事は解決に向かうのではないでしょうか。その結果が出た時、「ＯＫ！」という言葉が自然と口から飛び出して来るのではないか、と思いました。

## (8) ライスワークとライフワーク

皆さんは、仕事を生きがいと感じていらっしゃいますか。人は皆社会に出る時に、自分に合った仕事に就きたいと願うものです。プロスポーツ選手になって、子供の時からの夢を叶える人もいれば、商社マンになることにあこがれ、海外を相手とする仕事に就く人もいます。一方、企業に就職した上で、野球など好きなスポーツを続ける人もいるし、医者や大学教授という職業を持ちながら、俳句や短歌など文芸の世界を極める人もいます。

私は、大学卒業後の昭和五五年四月、当時神奈川県の長洲知事が提唱していた「地方の時代」の到来に、漠然とした期待をもって公務員となりました。

ライスワークというのは、職業は単なる生活の糧を得る手段、という考え方です。「失業することがないから公務員になる」とか、教師になる理由としての「でもしか先生」などは、このライスワークの考え方に近いと思います。実際のところ、生活が成り立つだけの収入が保障されて、はじめて社会のために働くことができるのだと思います。公務員の世界では、一時検討された公務員制度改革では、人事院を廃止し、人件費の削減を進める代わりに公務員に労働協約締結権を与えるという考え方がありましたが、これは実現していません。また、職員の分限処分を拡大する条例改正を行った自治体の動きもありました。公務員になっても、これを天職として全うできない可能性を孕んでいる昨今です。

中国には、「衣食足りて礼節を知る」という言葉がありますが、人間の尊厳を維持する上では、やはり最低限の生活の保障が必要ということになると思います。一方、キリスト教の教えの一つ、「人はパンのみにて生くる者に非ず」という言葉を思い出します。生きるのに必要なものとして、身体を維持するための食物の摂取とは別に、信仰を持つことや友だちの存在、また文化やスポーツ活動といった楽しみが重要だと思います。

では、ライフワークとは一体何でしょう。自分が一生をかけて追求すべき仕事や社会的な役割でしょうか。「好きこそものの上手なれ」との言葉が示しているように、自分の好きなことを生涯の仕事にできるのは最高の幸せと言えるでしょう。その次は、好きとは言えないまでも、自分が納得して全うできる仕事であれば良しとすることだと思います。そういうライフワークもあるのだと思います。

もし、納得できない仕事の場合には、それはライフワークとは言いがたいと思います。その時は、それをライスワークと考えればよいのかも知れません。いずれにせよ、現役時代に三〇年～四〇年も携わる仕事であれば、それを取り巻く環境の変化はつきものです。納得して取り組める仕事もあれば、納得のいかない仕事もあるでしょう。要は、仕事をやり終えた時、どれだけ社会のために尽くせたか、どれだけ他者のために力となれたか、そのことが問われるのであり、仕事に納得がいくかどうかは、個人的な問題なのかも知れません。

## (9)「足るを知る」

二〇一〇年二月、倒産した日本航空の会長に就任してその経営を立て直し、二〇一二年秋には日本航空を東京証券取引所第一部に再上場させたのは、稲盛和夫氏でした。稲盛氏は、一九五九年に京セラを創業し、一九八四年には第二電電（現ＫＤＤＩ）を設立され、戦後の日本経済を牽引してこられましたが、二〇二二年八月にお亡くなりになりました。当時、政府関係者が日本航空再建のため稲盛氏に白羽の矢を立てたのは、電気通信事業の民営化に果敢にチャレンジして成功に導いた稲盛氏の経営手腕を、高く評価してのことでした。

稲盛氏は、その著書『生き方』（二〇〇四年八月　㈱サンマーク出版刊）の中で、「足るを知る」という生き方を推奨されています。氏は著書の中で、「これからの日本と日本人が生き方の根に据えるべき哲学をひと言でいうなら、『足るを知る』ということ。また、その知足の心がもたらす、感謝と謙虚さをベースにした、他人を思いやる利他の行いであろう」「ライオンが満腹のときは獲物をとらないのは本能であり、同時に創造主が与えた『足るを知る』という生き方でもある。その知足の生き方を身につけているからこそ、自然界は調和と安定を長く保ってきた」と述べられています。

さらに、「知足の生き方とは、けっして現状に満足して、何の新しい試みもなされなかったり、停滞感や虚脱感に満ちた老成したような生き方のことではない。また、人間の叡智により新しいものが次々に生まれ、健全な新陳代謝が間断なく行われる、活力と創造性に満ちた生き方である。そのようなあり方が実現できたとき、私たちは成長から成熟へ、競争から共生へという、調和の道を歩き出すことができる。また、そこへ達することより、そこへ達しようと努めることが大切であり、そうであることより、そうであろうとする日々が私たちの心を磨く」と稲盛氏は説かれています。

ところで、「分相応」な生き方、という言葉があります。こちらは、その人の身分や能力にふさわしい生き方ということです。「分相応の望み」や「分相応な生活」という言葉で使われますが、地位や身分を越えた高望みというものは、その実現は容易ではなく、収入に見合わない暮らしぶりというものは長続きせず、それでは幸せになれないことを諭す言葉かと思います。しかし、稲盛氏が教えられているのは、望外の望みをもつべきでないということではありません。利他の精神で、この世に新しい価値を創造しようとすることを、感謝と謙虚さを保ちつつ実践してほしい、ということだと思います。収入に見合わない生活を慎むのは当然のことでしょうが、積極的に努力し、それが実を結んで得た収益はこれを歓迎し、むしろ利他のためにそれを活用することを氏自身が実践してみせていらっしゃるのではないか、と考えます。実際に、氏は保有する資産を原資に「京都賞」を創設し、先端技術、基礎科学、思想・芸術の各分野ですばらしい業績を上げ、多大な貢献を果たした人たちを選んで顕彰する事業を行われました。

要は、今日の日本のように経済が減速しパイが拡大しない社会にあっては、生活を慎ましくする自己防衛的な生き方を基本に置きながら、これにとどまることなく、積極的に社会に働きかけて新しい価値の創造に努める生き方を、「足るを知る」という生き方として稲盛氏は世に問われているのだと思います。

## ⑽「三学戒」

美濃の岩村藩江戸家老の次男で、幕末に活躍した佐藤一斎（一七七二年〜一八五九年）については、本書第三章⑶「天を師とする」生き方のエッセイでも述べています。佐藤一斎は当時の昌平坂学問所（湯島聖堂の前身）塾頭で、今で言えば東京大学の総長にあたる人物でした。門弟三千人と言われており、渡辺華山、佐久間象山、安積艮斎、横井小楠らを育て、佐久間象山の流れから勝海舟、吉田松陰、坂本龍馬らが出ています。

一斎の教えは、『言志四録』（『言志録』、『言志後録』、『言志晩録』『言志耋録』の全四巻を総称したもの）として千百三十三箇条にまとめられていますが、その『言志晩録』第六〇条に、

「少にして学べば、則ち壮にして為すこと有り。
壮にして学べば、則ち老いて衰えず。
老いて学べば、則ち死して朽ちず。」

とあります。

若い時に学んでおけば、壮年になって何事か為すことができる。壮年の時に学んでおけば、

老年になっても精神力が衰えない。老年になって学べば、死んでも何かを残し、その名は朽ちることがない。（拙著『幕末の大儒学者「佐藤一斎」の教えを現代に』二〇一七年九月ブイツーソリューション刊　より）

これが「三学戒」の教えとして知られており、小泉純一郎元総理が、二〇〇一年五月、衆議院本会議で教育改革関連三法案の審議の席上言及されたことから、「言志四録」とは何だと一躍脚光を浴びることとなりました。

旧岩村藩にあたる恵那郡岩村町を二〇〇四年一〇月に合併した現在の岐阜県恵那市は、二〇一一年四月に「三学のまち恵那」宣言を行い、佐藤一斎の三学の精神を理念として、生涯学習都市づくりを進めて来ました。恵那市中央公民館の敷地には、「三学のまち恵那　宣言」の石碑が設置されました。また市内岩村町にある岩村城址には、二〇〇二年一〇月「三学戒の碑」が建立され、一緒に除幕された佐藤一斎翁座像台座には、小泉元首相の揮毫が施されています。

同じく佐藤一斎の言葉に、「老者は老を頼むこと勿れ。」とあります（『言志耋録』第三三二条より）。老人は年をとっていることを口実にして人にもたれかかってはいけない、という意味です。人間は生涯、死ぬまで学び続けるべきことを教えた「三学戒」の教えに通じる考えであり、年をとっても若者に頼ることなく、自分でできることは自分でやる、それが自分にもまた社会にもよい結果をもたらすのだ、と佐藤一斎が教えているのだと思います。

死して朽ちざる己でありたい、死んでも朽ちることのない言葉を残したい、などと郷土の先人を偲びつつ、心に刻んでいます。

## ⑾ とらわれず

第八十七〜八十九代内閣総理大臣（二〇〇一年四月二六日〜二〇〇六年九月二六日）の小泉純一郎氏は、その三次にわたる政権時代に多くの名言を残されています。その中のひとつに、「恐れず、ひるまず、とらわれず」があります。二〇〇一年四月、「自民党をぶっ壊す」と言って自民党総裁選に勝利した小泉氏。総理大臣に就任した後の五月七日、衆議院本会議での所信表明演説で、その言葉は飛び出しました。「痛みを恐れず、既存の権益の壁にひるまず、過去の経験にとらわれず、恐れず、ひるまず、とらわれずの姿勢を貫き、二十一世紀にふさわしい経済社会システムを確立していきたい」と。

小泉氏の内閣総理大臣在職日数は一九八〇日で、戦後の総理としては佐藤栄作氏、吉田茂氏に次ぎ、その時点では第三位でした。※　市場原理主義の導入に注力し、「構造改革なくして景気回復なし」をスローガンに、道路関係四公団など特殊法人の民営化と、国と地方の三位一体改革を含む「聖域なき構造改革」を打ち出し、とりわけ持論である郵政三事業民営化を「改革の本丸」に位置付けて、次々と改革を断行されました。「自らの政策を批判する者はすべて抵抗勢力」と熱弁を振るい、その政治手法はメディアから「小泉劇場」と評されながら、巧みに自身の政策を実現していく手腕は、歴史に名を残すものでした。「恐れず、ひるまず」という言葉は、こうした抵抗勢力や既得権の壁を果敢に打ち破るための決意を表しているのだと思います。「とらわれず」というのは、既存のしきたりや組織上のルールなどにとらわれることなく、改革を前に進めるという信念から出た言葉だと思います。

二十世紀初頭にピカソ（一八八一年～一九七三年）たちが行ったキュビズムという革新的造形芸術運動は、従来の遠近法という固定的な視点にとらわれず、目は正面を向いているが鼻は横から見た形になっているなど、対象を幾何学的な立体のようにとらえ、形を解放したという点で歴史的に重要と評価されています。また、芭蕉の句に〈古池や蛙飛び込む水の音〉がありますが、それまでの蛙の句は鳴き声を詠むものばかりで、池に飛び込む水の音を詠んだものはなかったと言われています。鳴き声を鑑賞する「蛙」という既成概念にとらわれていたら、この句はなかったでしょう。芭蕉は「それまでの鳴く蛙から飛ぶ蛙へと俳諧に新たな世界を切り開いた」功績者ということができると思います。

行き詰る状況を打開して自分を伸ばすには、既存の固定観念にとらわれていてはいけないのかも知れません。「とらわれない」生き方とは、含蓄のある言葉であり、この言葉を噛み締める時、自由な精神を取り戻すことができるような気がします。もっとも、「とらわれない」生き方であっても、決してひとりよがりなものであってはならないと思うのですが。

※ 安倍晋三氏（一九五四年～二〇二二年）が、その後総理通算在職日数三一八八日を記録し、憲政史上最長となっています。

## ⑿「神は細部に宿る」

この言葉は、ドイツ出身の建築家ミース・ファン・デル・ローエ（一八八六年～一九六九年）が、建築のデザインにおいて、例えば接合部のデザイン、サッシと枠、鉄骨など部材の見え方をいかに綺麗にみせるかといったことにこだわり、使った言葉だと言われています。私はこの言葉が、ビジネスの世界で、また社会生活の場面で、人々に警鐘を鳴らす言葉ではないかと思っています。これまで、職業上の諸課題と向かい合い、また幾つかのプロジェクトを手掛けて来ましたが、実際に「細部」がその成否のポイントとなったと思うことがありました。社会システムの制度設計やイベントの企画といった場面などで、細かい点をきちんと詰めたかどうかは大事なことです。仕事でなくとも、家庭生活や趣味の世界でも、細部を大事にすることの意味は決して小さくないと思います。もっとも、細部にこだわりすぎて大局を見誤ったり、コミュニケーションが損なわれるようではいけないのですが。

二〇一〇年サッカーW杯日本代表チームの岡田武史監督は、「勝負の神様は細部に宿る」と語られています。「あの時もう少し足を伸ばしていたら」「あの時タックルに行っていれば、失点はなかった」など、勝敗を分けるものは、一つ一つのプレーにおける細部の詰め、精度であると。ワールドクラスのサッカーのレベルに追い付き、追い越そうとする日本のサッカーでは、至言というべき言葉でしょう。勝つために、また負けないために、細部を大切にする態度は大いに学ぶべきものと、私は考えています。

慶応義塾大学大学院教授の清水勝彦氏が、二〇〇九年六月に刊行された『経営の神は細部に宿る』によると、経営において「『小さなこと』『小さな問題』は『重要な全体像の一部』『サイン』として大切なのであって、『小さな問題』自体は目的ではない」、経営における「戦略の実行とは、決められたことをその通りにすることではなく、現場での『小さな』発見、新しい情報を組み合わせて『進化』させていくことである」と述べられ、経営において細部を大切にすべきことを指摘されています。

また、経営におけるリーダーについて、「できると言われる上司ほど、自分の過去の経験と基準に頼って、部下がみつけた『小さなこと』の意味を考えず、芽のまま摘み取っていないかを考える必要がある」、そして「『細かいリーダー』は部下に嫌われがちであるが、『小さなこと』がサインとして示す本質をたどり、それを部下と共有する努力を忘れなければ、組織にとってなくてはならないリーダーになりうる」と、経営におけるリーダーの細部に対する心構えを述べられています。

また、清水氏は同著でこんなことも言われています。二〇一三年に日米通算四千本安打を達成したイチロー選手には、「試合のあるときには何時に球場に入るか、練習はいつからどのメニューをどれだけこなすかについても、きっちりとしたルーティンがある」。また、「仕事を前にして『できるだろうか』といった不安や『逃げ出したい』と弱気になったりすることがしばしばあります。『ルーティン』を、ある意味『何も考えず』にするおかげで、そうした不安や弱気から解放されるのです」と。

細部にこだわることが成功につながる、という一面を心得るべきと思った次第です。

## ⒀「自分は自分であっていい」

この言葉は、宗教問題啓発家のひろさちや氏（一九三六年～二〇二二年四月）が書かれた「『まんだら』のこころ」（一九九八年六月㈱新潮社刊）の最終章のタイトルです。「自分を他人と比較すれば、必ずそこに競争心が生じ、優越感や劣等感が生じる」と氏は指摘されています。そして「なにも比較する必要はない、自分は自分でいい。なぜなら、この自分という存在は、ほとけさまからいただいたものだからです」「ほとけさまを信頼して、ほとけさまが与えてくださった自分という存在を全面肯定すべきです」「自分は自分でいいのだ―という開き直りが、『まんだら』のこころです」と続けられています。

ここで、「まんだら」のこころについて、氏が述べられていることを若干紹介させて頂きます。「『まんだら』の思想をいちばんよく表現しているのは、浄土経典である『阿弥陀経』のこの部分、とくに、『青色青光、黄色黄光、赤色赤光、白色白光』の部分だと思う」「阿弥陀仏のおられる極楽浄土には、大きな池があって蓮の華が咲いていています。青・黄・赤・白とさまざまな色の蓮の華です。それがそれぞれに光っている。すなわち、青い蓮は青く光り、黄色のものは黄色に、赤いものは赤く光り、白い華は白く光っている」と。氏は、日本の教育現場である学校は、教育に競争原理が導入され、「多くの子どもたちにとって学校は刑務所のように思われている」、また、「日本人にとって、職場は楽しい所ではありません。その上、職場での人間関係はいやなものです」と指摘されています。そして、氏の主張は、こうした社会生活において、自分は自分であっていい、そのことが、全ての人が持つ仏性を輝かすことになる、と展開されているのです。

「まんだら」とは、氏によれば、「悟りを開いたほとけさまの全員集合図」であると。「まんだら」のこころとは、「生きとし生けるもの（衆生）すべて（一切）がことごとく仏性を有している」ということであると。さらに、私たちの仏性は煩悩によって覆われており、この世間的な欲望である煩悩を捨ててしまえば、仏性が輝いてくる、とも氏は述べられています。

シンガーソングライターの槇原敬之氏が作詞・作曲し、ＳＭＡＰが歌って二〇〇三年にブレークした「世界に一つだけの花」という楽曲があります。槇原氏は、この曲を作る前、覚せい剤取締法違反で逮捕されました。それをきっかけに仏教と出会い、新しい歌の世界を切り開いていったと言われています。この曲で、「ナンバーワンではなくオンリーワン」というテーマは、上記の阿弥陀経の青色青光の一節が元になった、浄土には様々な色の蓮華が咲き乱れているが、それぞれがそれぞれの個性に尊厳性を認め合って存在している、といったことを語られています。

ひろさちや氏が言われたように、「自分は自分であっていい」とは、前記の「まんだら」のこころに通ずるものです。世の中に存在する生き物は皆平等に扱うべきというような主義主張としてではなく、現代人の心を救済し、幸せを感じとることができるような宗教上の教えとして、また暮らしを支える力ある言葉の一つとして、この言葉をとりあげた次第です。

### ⒁「蛇ぬけ」の碑

長野県南木曾町の木曾川沿いの公園に、「蛇ぬけ」の碑があります。その碑文には、次のように書かれています。

白い雨が降ると抜ける
尾（根の）先　谷（の出）口（お）宮の前（には家を建てるな）
雨に風が加わる危い
長雨後　谷の水が急に止まったらぬける
蛇ぬけの前にはきな臭い匂いがする

これは、昭和二八年七月に起きた土石流で犠牲になった三名（うち一名が作者の妻）の方々を偲び、地元の校長先生が書き下ろした言葉を、地元の人たちが後世に残そうと石碑にしたものです。「蛇ぬけ」とは、大雨が降ると木曽の山から谷をめがけて流れ下る土石流の様子を、蛇に見立てて呼んだ言葉です。

二〇一四年七月九日の夕方、この南木曾町で時間七〇ミリを超える大雨が降って土石流が発生し、一名の方が亡くなられました。木曾川支流の梨子沢（なしざわ）を土石流が直進し、流末の民家三棟を直撃しました。うち一軒では中学生の方が亡くなられ、残り二軒は急遽避難できて助かったそうです。生死を分けたのが、土地に伝えられた経験知の有無であったとお聞きしました。

同じ年の八月二〇日には、広島市で大雨による土石流が発生し、七〇名以上の方が亡くなられました。一九九九年の広島市での災害の教訓から、自宅の二階などに避難して助かったという話もあったようです。広島市では、土砂災害警戒区域への指定が危険個所のうち37％にとどまっていたことが問題視されました。行政が「危険な地域」に指定していなかったことが、家屋の被害を増幅させたとの指摘がありました。指定できない原因には、地価が下がり資産価値が低下することを住民が望まないことがある、とも言われました。

防災対策を考える度に、「自助、共助、公助」のあり方が問われます。行政がハザードマップを作り、住民に危険個所を周知する取組みも各地で進行中です。が、行政が果たして危険個所をパーフェクトに示すことができるのかという課題があります。危険と自ら判断したならば、危ない土地には家を建てないことでしょう。また、危険を察知したらためらわず逃げることだと思います。これらは、自助の精神によってこそ育まれるものではないか、と考えます。昨今では、自主防災組織や、防災士といった共助の仕組みも拡大しつつあります。常備消防関係者の方から聞いた話ですが、「自助は公助があってのものだ」とのことでした。

自助も、共助も、公助もあって、はじめて自然の脅威である災害から命や財産を守ることができるのではないでしょうか。決して行政に頼り切ることなく、自分の命は自分で守る、これが基本であるような気がします。南木曾町の木曾谷にある「蛇ぬけ」の碑は、そのことを私たちに教えてくれているのだと思います。

## ⒂「はたらくことは生きること」

これは、岐阜県恵那市にある知的障がい者施設「恵那たんぽぽ作業所」を運営する、社会福祉法人理事長小板孫次氏の著書※のタイトルです。小板理事長は、五十年以上にわたり障がいのある子どもたちと共に生き、知的障がい者のための施設を作って、その自立支援に取り組み、平成二五年秋の叙勲で旭日小授章を受けられた方です。二〇一四年に現場を訪れると、作業の合間に休憩する施設利用者のいきいきとした笑顔に迎えられました。施設利用者は二百有余名で、そのうち約六〇名は入所者、それ以外は通所及びグループホームの利用者です。中心となる事業所（作業所）では、段ボール組み立ての下請け作業から、椎茸の原木栽培、野菜栽培、食品加工、弁当やパンなどの製造、紙すきなど工芸品制作、食品販売店運営など八十種類以上ある作業に、約二百名の利用者が従事しているとお聞きしました。

理事長は、利用者全員に仕事を与え、その労働の対価である給料を、毎月現金で手渡しているとのことです。そして、その給料の額は月々の作業の成果に勤務態度等を加味して総合的に評価し、その評価に応じた金額としているそうです。また、毎月二日間の「特売日」と呼ぶ市を開催し、施設職員が売り子となって利用者が買い物をします。これは、利用者がお金の使い方を学ぶ場でもあるそうです。利用者たちは自分で稼いだお金を自分で使うことにより、働く喜びを知り、生きる力を身に付けつつあると言います。

理事長は、利用者が自立でき、自己決定できることが事業の目標であり、そのための教育が必要であるとの考えでこれを実践し続けているとのことでした。施設の中では、利用者の様々なトラブルもありますが、決して利用者を管理しすぎることはしない、しかし、悪いことをした利用者にはそのことをしっかり伝え、悪かったことに対しては謝ることを教えていると伺いました。

こうした長年にわたる努力が実り、徐々に事業の成果が出ているそうです。施設の行事として、集団でバスを連ねて旅行する時、トイレ休憩は一五分かからないと言うのですが、一人でトイレに行けない利用者を必ず他の利用者が付いて助けているそうです。日頃の生活訓練において、助け合いの習慣が生まれ、それがこの場に生きているのだと言います。そして、理事長は言われました。「最近、施設の利用者が、穏やかになってきた」と。その秘訣を尋ねると、利用者が亡くなって葬儀を行うことになった時、利用者を皆葬儀に参列させたことだと。多少の混乱はあったようですが、利用者は、亡くなった人に手を触れると冷たい、など葬儀の場から多くを感じ取り、「死」というものに直に接したことで、皆穏やかになったようだとお聞きしました。

小板理事長によると、利用者も健常者と同じ「人」であり、障がいを持っていたとしても考える力、学ぶ力を持っている。その力を引き出すのが自分たちの仕事だ、と伺いました。「障がい者であっても、何か社会的役割を果したいと思うものだ。その気持ちを、そしてその力を引き出そう」というものです。障がいがあるからと、手元に大事に置くなどして管理しすぎると、自分で考えられなくなってしまうと言います。障がいを持った人も、健常な人も、人として同じであり、その接し方、育て方も同じであるべきことを、私は理事長から教えられました。

知的障がい者の方が、働くことを常態化すると奇異な癖や行動がなくなっていく、労働という習慣が身に付くことで精神面が安定する、ということも知りました。「人は誰でも、どんなに重い障がいがあろうとも、一生涯を通してその人なりの成長ができる。『働くこと』は、そのための手段でもある」と理事長は、前著に書かれています。

この施設のみなさんが誇りとしている「恵那まつり太鼓」という和太鼓演奏があります。施設の利用者に職員も加わって二〇名前後の奏者で太鼓を演奏するのです。情緒安定や身体機能向上のねらいもありますが、何より知的障がいを持った人たちの生きがいづくりとして始められたものでした。「風の太鼓」という曲などは、数名の奏者が前に出て観客の隣で身体を揺らし、伸ばし、渾身の力を振り絞ってバチを打ち鳴らします。その場面ではうねりのような風が巻き起こるのを私は感じました。その演奏に感動し涙した私ですが、それは、我が身に内在するいのちの煌めきが増幅されたことによるものなのかも知れません。

「はたらくことは生きること」。健常者にも通じる、含蓄のある言葉として、今もなお大切に受け止めているところです。

※『はたらくことは生きること―知的障害者が育ち続けられる方法』小板孫次著　二〇一四年二月中央法規出版刊

## ⒃「須可捨焉乎」（すてっちまをか）

近代女性俳人の魁の一人とされる竹下しづの女の俳句に、

短夜や乳ぜり泣く児を須可捨焉乎

があります。大正九年の作で、句集「颯」所収の句です。夜が短く、睡眠不足になりがちな夏の夜、母乳の出が悪いのか赤ん坊が泣き続けている時のことでしょう。「ああ、この子を捨ててしまおうか」、という母親の気持ちがそこには詠まれています。と同時に、「いや、それでも決して捨てられはしない」という、同じ母親の気持ちを、反語の「乎」が表しています。

私事ではありますが、我が家では二〇一五年六月に、長女が男子を出産しました。長女は退院直後から里帰りしましたが、しばらくして夜泣きの日々が始まりました。一階の一部屋に妻と長女と赤児が、二階には私が寝るのですが、明け方には赤児の泣き声が聞こえて来ます。疳の虫がおさまらないのか、乳をやる長女は苦労が絶えないようでした。子を持つのはそういうことだ、と三十年前の妻の初産の時のことを思い出しました。

俳句の世界では、高浜虚子が正岡子規から継いで発展させた俳誌「ホトトギス」は、明治四一年に俳句の「雑詠欄」を設け、投句を募集しました。そして大正九年四月からこれに投句を始めたしづの女が、早くも同年八月号の巻頭を獲得したのが、この句をはじめ〈短夜を乳足らぬ児のかたくなに〉などの七つの作品でした。当時はまだ男性のものであった俳句の世界へ女性を導いたことは、現在の女流俳人の隆盛を思うと、まさに高浜虚子の慧眼であったと言われています。母性の本質に迫ったこの句は、女性にしか詠めないものであり、俳句の新しい世界を切り拓くものであったと言えましょう。

我が子を捨ててしまいたい、と一瞬思うくらい子育ての辛さがあるのでしょう。一方で、いや捨てられるはずがない、と思い返すのも子育ての断章ではないでしょうか。

そんなある朝、長女が両膝を立てて座椅子にもたれかかり、赤児を前抱きにしたまま眠っていました。赤児も静かに寝入っており、私は二人を起こさないよう、そっとその場を離れました。泣き疲れてその腕に沈んでいる赤児を慈しむ長女の母親としての姿に、心が洗われる思いでした。

そして、男の私にも子育てという悲喜こもごもの世界が、我が子の時でなく孫が産まれた今になって、ようやく理解できるようになった気がしています。

## ⒄「知の地平線を拡大する」

東京大学宇宙線研究所長の梶田隆章氏が、ニュートリノに質量があることを発見した功績により、二〇一五年のノーベル物理学賞を受賞されました。その年の一〇月、東京大学本郷キャンパスで開かれた記者会見で、その言葉は飛び出しました。「ニュートリノの研究をして認められたがこれはすぐに役に立つものではない。よく言えば、人類の知の地平線を拡大するような、そして研究者が個人の好奇心に従ってやるものです。そういう純粋科学にスポットを当てられてうれしく思います」と。

岐阜県飛騨市神岡町には、長年三井金属鉱業が亜鉛や鉛などを掘削した鉱山跡があります。この地下の空間を有効活用しようとして始まったのが、東京大学宇宙線研究所のニュートリノ研究でした。先にノーベル物理学賞を受賞された小柴昌俊氏（一九二六年〜二〇二〇年）は、この地底に巨大な水瓶であるカミオカンデを設置して、宇宙から飛来する素粒子ニュートリノの観測に世界ではじめて成功し、その功績で二〇〇二年にその栄誉に輝かれました。これに対し、梶田隆章氏の研究成果は、戸塚洋二氏（一九四二年〜二〇〇八年）が施設長の時に設置し運用開始されたスーパーカミオカンデを用いて、ニュートリノに質量があることを裏付けるニュートリノ振動を発見したことでした。これまでの物理学の標準理論ではニュートリノに質量はないとされていたのですが、それを今回書き換えることとなりました。これらの研究成果は、宇宙生成の解明につながるものと注目されましたが、梶田氏はこの研究成果について、「知の地平線を拡大する」ようなもの、と述べられています。

ところで、人間社会を成り立たせる原理や、人が育つための教えを見出すことは、自然界に存在するものの成り立ちやその根本原理を解明する自然科学とはまた別の研究に待つところが大であると思います。例えば、児童文学の世界はどうでしょう。子どもが将来の夢をつかむために一所懸命になれる本、また子どもの脳の発達に大いに刺激となる絵本はないでしょうか。こうした児童図書研究の分野でも、「知の地平線を拡大する」研究はあってよいのだと考えています。

ゼロ歳児を対象とする「ブックスタート」という取り組みは、赤ちゃんとその保護者に絵本や子育てに関する情報などを手渡すものですが、これはイギリスから日本に輸入され、日本の将来を担う子どもに向けて全国で普及して来ました。梶田隆章氏も、子どもの頃から大変な読書好きだったと言われていますが、二〇一五年七月に岐阜市立中央図書館名誉館長に就任されたノーベル物理学賞受賞者の益川敏英氏（一九四〇年～二〇二一年）も、「小学生の頃、図書館の本棚から本を一冊取り出すことは、期待感で手が震えた。本との出会いがあったから、今日こういう仕事をしている」と述べられていました。

本を通じて未知の体験をしたり、新しい知識を得る。そんなわくわくする経験をみなさん味わったことはございませんか。そうした好奇心や興奮の先に、新たな価値が創り出されるのだと思います。梶田氏の研究は、こうした本や資料に加え、実験装置や観測システムといった道具、さらに関係する研究者の連携・協力があってはじめて成り立つものであったと思われます。いずれにしても、「知の地平線を拡大する」研究というものが、人類にとって、そしてまた日本社会を前進させるためにいかに重要なものであるか、などと考えているところです。

## ⒅「この子らを世の光に」

「この子らを世の光に」という言葉があります。これは、「心身障害福祉の父」と呼ばれる糸賀一雄氏（一九一四年〜一九六八年）の言葉です。私は、平成二九年三月末をもって三十七年間勤めた岐阜県庁を退職し、翌四月岐阜県社会福祉協議会に再就職致しました。そこで高齢福祉や障がい福祉の現場へ足を運ぶ機会が増えましたが、そんな時、この言葉に出会いました。

糸賀氏は戦後まもなく戦災孤児と知的障がい児の施設「近江学園」を創立し、さらに心身障害児施設「びわこ学園」開設に力を尽くされました。糸賀氏はその著書で、「この子らはどんな重い障がいをもっていても、・・・人間と生まれて、その人なりの人間となっていく・・・その自己実現こそが創造であり、生産である。・・・『この子らに世の光を』あててやろうというあわれみの政策を求めているのではなく、・・・この子らが、生まれながらにしてもっている人格発達の権利を徹底的に保障せねばならぬ」、と述べられています。（『福祉の思想』一九六八年二月ＮＨＫ出版刊）まさに障がいを抱えた方もいのちの光を持っているのであり、その光を世間に及ぼすことがその方にとっても、社会にとっても良いことであるという考えだと思います。従って、「この子らに世の光を」ではなく、「この子らを世の光に」なのです。どんな人でも、一所懸命生きることが素晴らしいことであり、それによって光を放つ大切な存在であることを、糸賀氏は訴えているのです。

私が知的障がい者の就労支援施設におじゃました時のことです。そこの利用者の方々は最初は警戒心が強いのか、じっと静かだったのですが、少し慣れて来るとこちらに近づいて来られました。また別の施設では、気軽に挨拶の声を掛けて来られる方もいらっしゃいました。知的障がい者の方々は、人によって症状に差異があるようですが、施設のスタッフの方々のお話によると、知的障がい者の方々は心が純粋無垢で美しい、一緒にいると楽しく感じる、そしてそのことが障がい福祉の仕事のやりがいにつながっている、とのことでした。

また、就労支援施設での仕事ぶりに関してですが、利用者の中には仕事がきっちりとしていて、健常者の方の仕事の出来栄えと遜色無いばかりか、手を抜かない仕事ぶりなどは、むしろ健常者を超えるものがあるといったお話もありました。働くことを通じて社会に参加できる障がい者の方々が、近時増えていると感じました。

まさに障がいを抱えた方にとって、働くことが社会に向けての光を生む源泉の一つだと思いますし、こうした方々を育てる、支援する障がい福祉施設の役割が、益々重要になってきているように思います。

## ⒆ 特別なものではない福祉

二〇一九年七月、岐阜の大型ショッピングモールで福祉体感イベントを企画・開催することとなりました。主催は、私が務める岐阜県社会福祉協議会・岐阜県福祉人材総合支援センターで、ショッピングモールやその店舗の協力を得て福祉の啓発と福祉人材の確保を図る、というものです。

このイベントの企画・実行に携わる中で、市場の力を借りて福祉の魅力を大いに発信しようと考えました。そして、より多くの方に来て、見て、ふれてもらい、福祉の世界を体感してもらうため、介護食の試食やブラインドサッカーのミニ体験といったメニューを用意しました。

介護食の一つは、ショッピングモール内の協力店舗が、その看板商品である「万能だし」から味噌汁を作り、これにとろみを付けて試食してもらうものです。また、県内の介護老人保健施設の出展も得て、実際に介護施設の昼食に出されるキザミ食やムース食も試食してもらいました。介護現場で嚥下機能が低下したお年寄りの食事を補うためのとろみ付けですが、六十歳を超える老夫婦などに、咽せない、食べやすい調理方法として注目が集まりました。

また協力店舗では、甘酒にとろみを加えて、ゼリー状のスイーツにして出すといった提案も飛び出しました。協力店舗では、お客さまが口にする商品にはなるべく福祉色を感じさせず、一方で福祉に配慮することで誰にもやさしく、そして美味しい商品ができることに力を注がれました。

次にブラインドサッカーのミニ体験です。これには地元Jリーグチームの参画が大きな力となりました。イベント開催間近の六月三〇日のホームゲームの際に、来場者に対しこのイベントの告知チラシを六千枚以上配布して頂きました。チームの元スタープレーヤーも登壇して下さり、元スターと一緒に行うブラインドサッカーミニ体験などが、多くの子供達を呼び寄せました。そして元スターには車椅子やとろみ食などの福祉体験もしてもらえたことで、福祉の世界にふれる人々を増やすことができました。

食べ物やスポーツなどの持つ「楽しさ」の要素からアプローチし、福祉目線の商品やサービスを体感したイベント参加者が、今後福祉に配慮した商品購入や、福祉の担い手となることにつながれば、このイベントは成功と言えるでしょう。イベントでは、福祉色を出すのか薄めるのかが企画運営上の課題でしたが、当日会場で授産商品を販売した障がい者の就労支援施設が、商品のブランディングを積極的に行い、通常と遜色ないデザインの商品を販売することが注目されました。品質が良くて価格も適切な商品を市場に供給する努力がなされているのです。

今回福祉の世界の理解を広める、深めることが第一の目標でしたが、美味しい食品を用意すれば売れる、スターに会ってサインがもらえれば大勢の人が集まる、といった市場の力を少しお借りして、これを進めることができました。商品を販売する上で、福祉目線でものを考えることが時代のニーズに合っているだけでなく、それが企業の社会貢献や地域貢献にもつながるのだということが、関係者の間で検討されました。

福祉は介護や障がいなどの問題を抱えた関係者だけの特別なものではなく、令和の時代を迎えた今日、福祉はあらゆる方に関わりのある「みんなのもの」であるという段階に入って来たのではないでしょうか。福祉を感じていただければ、それは特別なものではないと分かりますし、特別なものではないと感じられれば、福祉は楽しい世界でもあるのだ、と私は思います。

## ⒇「生きるため今は退避」

二〇一一年三月一一日の東日本大震災で、発生した津波は多くの人の命を奪いました。発災直後に、三陸地方をはじめ太平洋岸の広範な地域で、押し寄せる津波から高台に逃れることが緊急に求められました。住民を避難誘導し、守る役割を担う警察や消防をはじめ多くの公務員の方々が、大きなジレンマに苛まれました。

二〇二〇年の三月九日には東日本大震災から九年を迎えるのを機に、震災の新たな証言をNHK番組「ニュースウオッチ９」が伝えていました。番組では、八〇〇人を超える人が津波で亡くなった宮城県南三陸町消防署の隊員証言が紹介されていました。南三陸消防署では建物全体が津波にのまれ、八人が命を落としました。発災時に建物には一四人の隊員がいたそうですが、そこで命を落とすことになったのは、署に残って住民の避難誘導を続け、退避のタイミングを失った方々のようでした。そんな中で、ベテランの隊長が若手の隊員に高台へ消防車を避難させるよう命じたそうです。そのことは、それまでのマニュアルにはない判断だったそうです。

ここで問題となるのは、人の命を守るべき立場の人が、そのために自身の命を犠牲にしてよいのかという点です。生き延びた隊員の証言では、「避難誘導をやめられなかったろうし、基地を捨てられないという気持ちもあったんだと思う」とのことでした。消防隊員なら、住民を差し置いて先に避難するわけにはいかないと、誰もが思うことでしょう。しかし、それでは隊員自らの命は守れないのです。消防隊の役割は発災時に住民を安全に避難誘導することにとどまらず、発災後のそれによる被害の状況に応じ多くの救助要請や救急要請に迅速に対応することにあるのだと思います。被災後の住民の生命・財産を守る大きな役割を考えると、消防隊員が災害で自らの命を落としてはいけないのでしょう。

「生きるため今は退避」とは、こうした身に迫り来る発災直後の危険の中で、自らの本来の役割を果たさんがための大きな判断であると思います。役割を果たすため自分が退避してその後に備えることだけを考えて、周りの人（住民）の危険除去をないがしろにしてよいということでは決してありません。他人も守るが、自分も守る。口で言えるほど簡単なことではありませんが、タイミングというものを見計らい、英断することが必要だろうと思いますし、それができるためには、様々な危機を想定した日頃の訓練というのがやはり重要なのだと、改めて思いました。

## ㉑「急がない」「諦めない」

二〇二〇年一月の朝日新聞に、幸せな生き方に関する特集が組まれていました。「背負わない」「合せない」といった「〇〇しない」生き方について考えるものでした。二〇二〇年は東京五輪・パラリンピックの年、五輪の選手らが国を背負うのではなく自分のベストを出すことが、本人にもその家族にも幸せなことではないか・・・。また、カラオケに一度行かなかっただけで、グループのメンバーから無視された女子生徒の例を引き、学校や職場といった「世間」の息苦しさから抜け出す術として、「世間」に合せない生き方というものがあるのではないか・・・。こうした新しい日本人の生き方が模索されていました。しかしながら、その後新型コロナウイルス感染症が世界中に蔓延し、東京五輪・パラリンピックは一年延期して開催され、五輪で日本は金メダル二十七個と世界第三位の成績でした。こうした間も、日本では世間の同調圧力が根強くあることもあり、人々は外出自粛やマスク着用に協力しました。

次に「競わない」「闘わない」という生き方を考えてみました。大学受験はかつて「受験戦争」と言われました。出願者が入学定員の枠の中、死に物狂いで得点を競うのです。近代社会では、科学的手法により、「もの」や「こと」を定量化して他と比較し、数値の順に並べるということをして来ました。いわゆる競争原理が社会の進歩や発展の原動力のように捉えられて来たのです。また、「闘う」ということですが、人は、何と何のために闘うのでしょうか。世の中の不正や不義と闘うことを生業にされている警察官や検察官の方の存在がありますが、犯罪や侵略などが起こらなければこれと闘う必要はなく、平和な生活が続くことでしょう。が、二〇二二年二月にはロシアがウクライナに侵攻したほか、アフリカや西アジアで内戦が続くなど、世界のどこかで戦争は起きています。「闘わない」というのは、社会の軋轢から解き放たれることであり、不要なエネルギーロスを回避することでもあるでしょう。私自身四〇年近く公務員生活を送る中で、どこか横しまなことや不公平なことと闘って来たような気がします。そのことが、仕事を前に進めるエネルギーとなっていたことも事実ですが、不快の種を周囲に撒き散らしていただけなのかも知れません。

「怒らない」「焦らない」「急がない」という生き方はどうでしょうか。徳川家康は「堪忍は無事長久の基。いかりは敵とおもへ」と述べています（「東照公御遺訓」より）。怒りは自身の健康にマイナスであるばかりでなく、周囲の人たちを疲れさせるものでしょう。そして、前記遺訓には、「人の一生は重荷を負ひて、遠き道をゆくが如し。いそぐべからず」とあります。例えば、相手との約束の時間に遅れそうな時や、契約の納期を守るため追い込みにかかる時などは、のんびりしていてはいけないでしょう。しかし、緊急の手術を行う医者の場合はどうでしょうか。手際よく、無駄な動きを避けて患者と向かい合うのでしょうが、焦ったり、急ぎ過ぎたりしては失敗につながりかねません。事を進める上で、着実に前進することこそ大事なのであり、焦りや怒りは避けるべきでしょう。要は「急がない」ことが大切なのではないでしょうか。

最後に「諦めない」「挫けない」生き方についてです。六十歳を超えてから、諦めることにより心穏やかでいられると思うことが増えて来ました。思うようにならない時は、諦めた方が楽だと感じる時さえあります。しかしながら、諦め切れないことだってあると思います。野球やラグビーの試合で、敗戦濃厚の状況から逆転した選手たちは、「最後まで諦めなかったことが勝因」と口にします。「諦めない」気持ちは「挫けない」心に通じるものだと思います。困難な問題に、恐れず、ひるまず、そして諦めずに立ち向かう姿勢は人間として必要なものではないでしょうか。

今回「背負わない」「合せない」、「競わない」「闘わない」、「怒らない」「焦らない」「急がない」、そして「諦めない」「挫けない」という生き方について考えて来ました。二〇二二年の春、職を退き、妻と交替で食事当番の生活となり、自ずから「〇〇しない」という落ち着いた暮らしになって来ました。「〇〇しない」、と動詞を否定形で使う言葉は、肯定形の場合のように真直ぐにその行動に向かうのではなく、それと逆の動きをすることを意味します。こうした否定形の言葉を口にする時は、自分の過去の失敗などが影響して、自ずと慎重な判断をもたらしているのかもしれません。これら否定形の行動指針ともいうべき言葉の中で、「諦めない」「挫けない」という生き方は、とりわけ幾つになっても大切なものだと私は思います。やはり、諦めれば人は幸せになれる、そんな簡単なものではないように思います。要は、肝腎なことはしっかりと守って貫き、それ以外のことは肩肘を張らずに受け止め、静かに前に進めていく、そんな生き方が幸せに近いのかもしれません。

# 第三章　勇気を得た言葉の数々

## ●暮らしを支える言葉の力の体験談

二〇〇九年に転勤で東京に単身赴任した私は、仕事の合間に東京神保町に拠点を置く俳句結社に入会し、活動を始めました。そしてこれを契機として、二〇一〇年を迎えた頃から言葉の力というものについて考え始めました。東京での単身赴任生活は、仕事や趣味の活動に刺激を受けることが多くありました。また、家族は岐阜に残したままでしたが、長男が東京で学生生活を送っていたこともあり、週末など比較的時間に余裕のある二年間でした。東日本大震災直後の二〇一一年三月末でこの生活は終了しましたが、この間にこれまでの自分を見つめ直すことができました。

それをきっかけに書き連ねたものの中から、第三章では人生において自身が勇気を得た言葉の数々として紹介したいと思います。「暮らしを支える言葉の力」として自身が考えたこと、感じたことを、日々の思うにまかせぬ現状に苛まれている方々などにお伝えしたいと思います。

## (1)「涙定量・汗無限」

私の高校時代の恩師に、故佐光義民先生がいらっしゃいます。この方は、岐阜県の県立高校教師を長年務められ、最後は私の母校である県立岐阜高校の校長を二年務められ退職された方です。私はその二年間、学校長として朝礼や終業式などで生徒の前に立たれた先生から、多くの言葉を拝聴しました。

先生は、古今東西の格言集を自ら編纂し、全生徒に配布されました。その中に「涙定量」というご自身の造語を遺されています。これに「汗無限」という言葉を付け加えて語られることが多かったように思います。「涙定量」と聞いただけで目頭が熱くなる思いですが、先生は、「人生における悲しみの量は誰もが平等である」と教えられました。これに対して、「汗をかくことには限りがない。どれだけ汗をかいても、かき過ぎることはない」ということを、先生は教えられているのです。

「涙定量・汗無限」という言葉から、社会で活躍している多くの人たちを思い浮かべることができます。例えば、プロ野球の世界で二〇〇七年に日本シリーズMVPに輝いた当時中日ドラゴンズの中村紀洋選手。中村選手はこの年に育成選手から再出発し、強打者として復活しました。「中日が拾ってくれたことに感謝し、恩返しをという気持ちで一年間頑張った」と、当時のテレビ取材に応え、語られていました。

二〇〇一年九月一一日、ニューヨークで同時多発テロ事件が起きましたが、米国はその報復として、二〇〇三年三月イラクへの侵攻を行いました。その後、日本は二〇〇三年一二月から自衛隊を人道復興支援と安全確保支援活動のためイラクへ派遣しましたが、派遣先の地域が「非戦闘地域」かどうかの論議が起こりました。そうした中イラクの復興支援に奔走し、二〇〇三年一一月二九日凶弾に倒れた日本の外交官に故奥克彦氏がいます。彼もまさに「汗無限」を実行した人物であったと思います。彼は、米国に協力する日本が反米テログループから狙われることを十分承知し、リスクを覚悟の上で、イラク国内における港の緊急浚渫事業やダウン症障害児施設整備への支援、またイラクへの自衛隊派遣のための下準備等々に全力であたられました。その最中に銃撃され、殉死されたことは痛恨の極みでしたが、故奥克彦氏は、「仕事で逃げたら終わり」という言葉を残されています。その高い志には、改めて感服するばかりです。

この「涙定量・汗無限」という言葉は、こうした自身の体験を通じて私のいわば座右の銘となって行きました。今は亡き佐光義民先生は、「汗無限！」と今でも励ましてくれます。また、母校岐阜高校校歌に「百折不撓つとめて止まず」がありますが、これも同様の意味で勇気づけられる言葉です。故奥克彦氏も、「いま、何をなすべきなのか」などと、天国から私たちに熱きメッセージを送り続けているのではないか、と思うのです。

## (2)「今やらずしていつやる」

ニューヨークで起きた九・一一のテロ事件に端を発する米軍の侵攻によりイラクが戦場と化し、そのイラクの復興支援の調査などのため現地で奔走していた日本の外交官奥克彦氏が、イラク人の手により狙撃され命を落としたことは、第三章の(1)で述べました。その故奥氏が、生前よく口にしていた言葉が「今やらずしていつやる」です。故奥氏は早稲田大学の私の一年後輩にあたるようですが、彼の大学ラクビー部の後輩で、奥氏が亡くなった当時同部監督であった清宮克幸氏（一九六七年生まれ）が、生前の奥氏の生き様を想い出し、「いま、何をすべきなのか」という「奥スピリット」を語り継ぐ、と『日本を想い、イラクを翔けたラガー外交官・奥克彦の生涯』（松瀬学著　二〇〇五年一一月新潮社刊）の中で採り上げられていました。

孟子の有名な言葉で、現代でも使われているものに、「天の時・地の利・人の和」があります。事を成すのに天の時というものがあること、またそれには地理的な条件や協力者との連携が欠かせないことを教えています。何か事を起こすには、そのタイミングが重要だということですが、今こそまさにその時だという瞬間があるのではないでしょうか。そういう時に出てくるのが、「今やらずしていつやる」という言葉だと思います。二〇一三年には、予備校講師の林修氏の「いつやるか？」「今でしょ！」という言葉が一世を風靡しましたが、これも同義だと思います。

二〇〇九年一一月一二日、皇居前広場では平成天皇在位二〇年の祝典が開かれ、その祝典パレードに岐阜の郡上踊りが全国の十六地域のお祭りの一つとして参加されました。たままこの晩、都内のホテルでは東京岐阜県人会の平成二一年度総会・懇親会が開催されていました。この皇居前で踊りを披露した郡上踊り保存会をはじめとする関係者の方々に、皇居から一・五キロメートル程離れたこのホテルへ移動して、県人会会員の方々と一緒に踊っていただき、会は大変盛り上がりました。この引き合わせに、当時東京赴任中で東京岐阜県人会の支援を行っていた私が関わったのですが、今やらずして・・・という思いが結実した出来事でした。このドッキングは意図的に仕組んだというより、偶然の好機を活かそうという自然な流れで実現したもの、と今でも考えています。

「今やらずしていつやる」という言葉が、故奥氏の殉死事件に端を発し、その後、時に私自身を突き動かすようになったと思います。社会的な活動で重要な判断を行う時や、家族の問題で大事な決断が求められるような場合にです。「自分は今何をなすべきか」を、今後も問い続けていきたいと思います。

## (3)「天を師とする」生き方

美濃の岩村藩（現在の岐阜県恵那市岩村町とその周辺）出身の幕末の儒学者佐藤一斎（一七七二年～一八五九年）の著書に、『言志四録』があります。佐藤一斎は江戸幕府の昌平坂学問所の儒官（総長）を務め、その弟子には佐久間象山、勝海舟、吉田松陰をはじめとする幕末の志士ら数千人がいたとされます。『言志四録』は四つの語録から成りますが、そのうちの一つ『言志録』第二条に、「太上は天を師とし、其の次は人を師とし、其の次は経を師とする」とあります。これについては、最上の人物は天（宇宙の真理）を師とし、第二級の人物は聖人や賢人を師とし、第三級の人物は聖賢の書を師として学ぶという解釈があります。（渡邉五郎三郎監修『佐藤一斎一日一言』平成一九年六月到知出版社刊）

「天を師とする」生き方とは、事に処するに書物やその道の達人に相談するのではなく、自分こそ頼るべき唯一の存在と悟り、自分のこれと信じた道を進もうとすること、と私は考えています。※ 論語にも、「人十有五にして学に志す。三十にして立つ。四十にして惑わず。五十にして天命を知る。・・・」と続く学而編の一節があり、ここでも「天」という考え方が用いられています。

明治維新の立役者である西郷隆盛は、薩摩藩主島津久光の時、君命に背いて島流しとなりましたが、その流刑地沖永良部島の牢獄の中で、この佐藤一斎の『言志四録』を日々傍に置いたと言われています。自分の心に訴える百一箇条をそこから書き抜き、『南洲手抄言志録』をまとめています。西郷隆盛は、流刑地でのこの生活において、佐藤一斎の教える「天」という存在を強く意識したのではないかと思います。西郷隆盛が、日本を生まれ変わらせるためには徳川幕府を倒さねばならない、そしてそれが自分の天命であるとまで自覚したのも、佐藤一斎の「天を師とする」生き方を学んだからではなかったでしょうか。

時は一八六八年三月、薩摩藩江戸藩邸で行われた江戸城開城交渉の時のこと。官軍側代表の西郷隆盛と幕臣勝海舟が、江戸の町を火の海にしてはならないと、江戸城の明け渡しを決めました。この歴史上の出来事に対し、勝海舟から託された手紙を駿府で西郷隆盛に渡し、事前交渉に当たった幕臣山岡鉄舟の存在など様々な解釈があるようですが、私はこの場面で西郷隆盛が、「天を師とする」生き方を選んだのではないかと考えています。因みに、この決断を成立させたもう一方の英傑勝海舟も、佐藤一斎の孫弟子であったことを考えると感慨深いものがありますが。

はたして「天」とはどこに存在するのでしょうか。私は、「天」とは自分の中とりわけ自身の脳の中に存在するものだと考えています。脳は小宇宙とも言われています。自ら考え自ら行動しようとする時、その人の脳は活性化し、自身を導こうとする力を得るのだと思います。科学的な分析は別に譲るとして、私はそのように考えています。

「天を師とする」という言葉をかみしめる時、自分の力を超えた所から新たな力を賜るような感覚にとらわれるのは私だけでしょうか。「天」という言葉からは、「天皇」「天上」「天下」

「天罰」といった言葉が続いて出てきますが、とりわけ日本人は「天」という言葉を畏敬の念をもってとらえているように思います。

第二次世界大戦中の日本の外交官故杉原千畝氏（一九〇〇年～一九八六年）は、岐阜県加茂郡八百津町出身で、佐藤一斎と同じく岐阜県人ですが、私は氏も「天を師とする」生き方をした人であったと考えています。一九四〇年、第二次世界大戦の最中、リトアニア共和国首都カウナスの日本領事館でのこと。ナチスドイツの迫害を逃れてアメリカへ渡るため、日本国を通過するための通過ビザの発給をリトアニアの日本領事館に求めてユダヤ人が殺到しました。故杉原千畝氏は、日本国外務省にそのビザの発給を申請しましたが同意が得られず、ついには訓令違反を犯してまでも、そのビザの発給に踏み切りました。はたして人間にとって何が大事なのでしょうか。氏は相当悩んだ末、今自分は何をなすべきかを悟り、領事館に押し寄せたユダヤ人のためにビザの発給をし続けたのです。その結果約六千人のユダヤ人の命が救われたとされています。

故杉原千畝氏が、儒学者佐藤一斎の影響を受けていたかどうかは定かではありませんが、佐藤一斎が教えた「天を師とする」生き方は、重大な決断が求められる場面において人々に勇気を与えるものである、と私は考えています。

※　拙著『幕末の大儒学者「佐藤一斎」の教えを現代に』二〇一七年九月ブイツーソリューション刊　参照

## (4)「天は自ら助くるものを助く」

西洋のことわざに、Heaven helps those who help themselves. があります。天は自ら助くるものを助く。これは、明治時代に活躍した洋学者中村正直（一八三二年～一八九一年）が、スマイルズの『Self Help（自助論）』を訳した『西国立志編』の冒頭にある言葉です。他人の力をあてにせず、自分自身で努力している者には、自然と幸福がやってくるという意味でしょう。この言葉は、明治時代に知識人の間で広まったようですが、自助という考え方は、行政サービスである公助や、地域社会などの相互扶助である共助といった概念の基礎を成す重要なもの、ということができるでしょう。

本書第三章の(3)「天を師とする」生き方　で紹介しました幕末の儒学者佐藤一斎の言葉に、「老人は、年をとっていることを口実に、他人にもたれかかってはならない。」（『言志耋録』

第三三二条）という言葉があります。これは、人間は生涯、死ぬまで学び続けるべきことを教えた一斎の「三学戒」の教えに通じるものです。年をとっても、若者に頼ることなく、自分でできることは自分でやって生きてゆけ、それが自分にも、また社会にもよい結果をもたらすのだと、佐藤一斎は教えています。

因みに、「三学戒」の教えとは、「少（わか）くして学べば壮にして為すことあり。壮にして学べば老いて衰えず。老いて学べば死して朽ちず。」（『言志晩録』第六〇条）というものです。（第二章⑽「三学戒」を参照）

私自身は、今のところ、可能な限り子供たちの世話になろうとは考えていません。身体の機能が衰え、現役時代のように活動できなくなっても、死ぬまで学び続けたいと思います。そうすれば、子供たちを必要以上に頼り、そのケアがないと生きていけない、などとは思わずに済むと考えるからです。

聖路加国際病院の院長であった日野原重明氏（一九一一年〜二〇一七年）は、九八歳の当時、現役の医師として臨床の現場に立ち、講演会活動や文化活動にも精力的に取り組まれていました。九八歳の医師に励まされる患者は、自分ももっと強く生きて行かねば、と思ったそうです。

九八歳で、『くじけないで』（二〇一〇年三月　㈱飛鳥新社刊）という詩集を出版し、ベストセラーとなった柴田トヨさん（一九一一年～二〇一三年）。在宅介護サービスを受けながら詩作を続け、多くの読者に生きる勇気を与えてくれました。周りの人たちに支えられながらも、自らの生きがいを追求し、そして社会にも働きかけ続けられました。

年老いてなお自立して奮闘努力していけば、これを支援しようとする者も現れるかもしれません。いつまで続くかは定かではありませんが、死ぬ間際まで社会の役に立つ生き方を追求していきたいものだと思います。

## (5)「最小不幸の社会」

二〇一〇年六月に就任した菅直人首相は、その国会での所信表明演説に、自身が目指すべき政治の目標として、「最小不幸の社会」の実現を掲げられました。戦争や貧困など、社会的な弱者が被る不幸を取り除くことが政治の目標であるとの考えであり、この思想は、松下圭一元法政大学教授（一九二九年～二〇一五年）の教えによるものと解説されています。

元成蹊大学教授の市井三郎氏（一九二二年～一九八九年）も、同様のことを言われており、

「歴史の進歩とは、人々が自らに責任を負うことのない苦痛からの除去」であると、その著書『歴史の進歩とはなにか』（岩波新書　一九七一年一〇月刊）で述べられています。

日本は高度経済成長期に、「所得倍増」計画がもてはやされました。これに対しブータン国では、一九七〇年代に国民総幸福量（ＧＮＨ）の増加を国策に掲げ、幸福指数世界一を目指してきました。※ブータン国が幸せの極大化を目指すのに対し、菅内閣が「最小不幸の社会」を実現しようとは、不幸せの極小化を目指そうということでしょうか。経済が右肩下がりの状況では、分配の量的拡大を約束することができない、という事情もあったのかもしれません。が、政治の目標を「不幸の除去」とされた点に、市民政治家菅直人氏の特徴があったのだと思います。国民の不幸を除去し続け、未来に心配のない社会の実現にまで辿り着けるかどうか、が今もなお問われるのだと思います。

シンガーソングライターである中島みゆきの歌に「幸せ」という歌があります。幸せになるには二つの道があり、一つは願い事がうまく叶うこと。もう一つは願いなど捨ててしまうことだ、と歌っています。不幸を最小化するのではなく、願望を捨てることで幸せになれるというのです。どちらも、幸せを求め過ぎないという態度において共通点があると思います。

人口減少時代を迎えた日本の世相を反映するものではないか、と思います。

いずれにしても、「不幸せにしない」、「幸せを求め過ぎない」という考え方は、今の時代を生き抜く知恵ではないでしょうか。もう一つ、「全てのものに感謝する」という気持ちが、人間を悩みから解放し、不幸を除去してくれるものではないか、と私は考えています。

※　ブータン国では、二〇一三年七月一三日に行われた総選挙では、変革を求める民意の後押しを受けた野党が勝利し、初の政権交代が実現することとなりました。新首相となったツェリン・トブゲイ氏は、この時国民総幸福量（GNH＝Gross National Happiness）を追求する国是を堅持した上で、経済成長を最優先に政策遂行する意向を表明しました。都市化や情報化が進み、国民の幸せに対する意識が変化し、より良い生活を求める層が増えていることが背景にあったとされています。

## (6)「人に示すことあらず」

佐藤一斎の『言志録』第三条に、「凡そ事を作《な》すには、須らく天に事《つか》うるの心有るを要すべし。人に示すの念有るを要せず。」とあります。これは、講談社学術文庫『言志四録』の翻訳者川上正光氏（一九一二年～一九九六年）によると、「すべて事業をするには、天（神または仏）に仕える心をもつことが必要である。人に示す気持ちがあってはいけない。」と訳されています。

幕末の志士の一人に、近藤長次郎がいます。彼は、土佐の餅菓子屋の長男でしたが、江戸に出て朱子学者安積艮斎の門に入り、藩から苗字帯刀を許されました。勝鱗太郎の弟子となり、坂本龍馬と神戸海軍操練所で学んだ後、長崎で亀山社中が組織されるとこれに参加しました。そして、長州藩のために薩摩藩名義で蒸気船を購入するなど、薩長同盟の実現に尽力しました。しかし、向学心の強さからイギリスへの密航を企てましたが、天候悪化で船の出航が遅れたため、それが露顕すると切腹して果てました。

二〇一〇年のＮＨＫ大河ドラマ『龍馬伝』では、大泉洋氏がその役を演じていました。番組では、蒸気船の調達を資金繰りを含め一手に担ってきたにもかかわらず、その船を亀山社中のために使えなくなったことに志を砕かれた思いから、長次郎はイギリス留学という夢の実現に傾いて行きました。坂本龍馬たちは、薩摩と長州の手を結ばせ幕府を倒すことを目標にしており、そのためには私心は禁物という立場でした。とはいえ、金策ができない社中の仲間の武士たちと違い、商人出身の長次郎には、蒸気船調達の資金計画を成功に導いた自負もありました。この長次郎の「自分が…」という気持ちが、裏目に出てしまいました。

『言志録』でいう「人に示す気持ち」とは、こういうものではないかと思いました。大きな目標を実現するには、自分の小さな思いなどは慎まねばならないのかもしれません。西郷隆盛は、「人を相手にせず、天を相手にせよ。天を相手にして己を尽くして人を咎めず、我が誠の足らざるを尋ぬべし」（西郷南州遺訓）※と言っていますが、まさに、この『言志録』の第三条を意識したものと思われます。長次郎が、切腹せざるをえなくなったのは、密航に失敗したことからでした。もし、番組で描かれた天候悪化がなければと思うのですが、天は長次郎に密航をお許しにならなかったのではないか、と思いました。

人に示す気持ちを戒むべし、と『言志録』は教えているのかもしれません。一方、先に述べた故川上正光氏の訳では、「人に示す気持ちがあってはいけない」となっていますが、佐藤一斎の著した原文からすると、「人に示すの念有るを要せず」ですから、人に示す心というものを全て否定しているのではなく、「事を成すのに、人に示す気持ちは必要ない」というくらいの解釈でよいかと、私は思いました。いずれにしても、社会生活の中で、自分が、自分が、という気持ちになる時、この言葉をかみしめてできるだけ自制して生きてゆきたい、と思います。

※　西郷南洲遺訓：西郷隆盛の遺訓が、旧出羽庄内藩の関係者によってまとめられ、明治二三年に出版されたもの。

## (7) ワーク・ライフ・バランス

二〇〇四年版『少子化社会白書』において、少子社会とは、「合計特殊出生率が人口置き換え水準をはるかに下回り、かつ子供の数が高齢者人口（六五歳以上人口）よりも少なくなった社会」と定義されています。そして、日本は一九九七年に少子社会となったとされます。その後も少子高齢化の進展は著しく、今や我が国は戦後の高度経済成長期に経験したような右肩上がりの時代ではなくなってしまいました。社会が成熟するのと相俟って、働き方の見直しが求められています。欧米諸国でワーク・ライフ・バランスという言葉が盛んに用いられるようになり、これが日本にも導入されました。そしてこの言葉は、今の時代に社会が適応するための目標の一つとされています。

ワーク・ライフ・バランスとは、まず仕事と家庭生活の両立を目指すことです。岐阜県では、二〇〇七年三月に県条例で「8」の付く日は「早く家庭に帰る日」と定め、その日は終業時間となったらなるべく早く帰宅するよう宣言し、その後事業所での取り組みが拡大して行きました。家族との時間を多く持つのは、育児や介護のためでもあり、夫婦が家事を分担して担う時代になってきました。一方で経済不況からの回復が進まず、民間企業などでは人員削減のあおりで、正規社員の超過勤務はむしろ増加傾向にあります。

またワーク・ライフ・バランスとは、仕事と趣味や生きがいづくりとの両立を目指すことでもあります。音楽やスポーツ、料理や英会話など様々な趣味の世界があり、またこれらを生きがいづくりとして楽しむ人たちが増えてきました。「趣味やスポーツ、そしてボランティア活動などは、退職後の第二の人生を迎える前から始めないとモノにならない」とよく言われます。三十代など若い世代の人たちは、むしろ豊かな趣味を持っている人が多いように思います。彼らと話をすると、「趣味（ライフ）のために稼いでいるのだ」という考え方も伝わってきます。私たち高度成長期に育ち、右肩上がりの日本の経済社会を見てきた人間には、仕事（ワーク）がまずあって、これを支えるために趣味や生きがいづくり（ライフ）があると考えるのが一般的であり、世代間で、仕事と趣味や生きがいづくりの意味が相当異なっているように思います。

ワーク・ライフ・バランスは、経済や経営の視点でみると、拡大再生産の手法です。働き手は、時にライフに身を置くことで、再び働く意欲を取り戻すことができます。少子高齢社会になり、労働人口が減少する中、経済成長を果たすためには、高齢者も働ける人は引き続き働くことが求められますが、労働者一人当たりの生産額、つまり労働生産性を高めることがやはり必要となります。働く時間は短くても、集中して、工夫して生産性を上げていく必要があります。

ところで専業主婦の方にとって、ワーク・ライフ・バランスとはどうなのでしょうか。専業主婦の方は、家事が仕事（ワーク）と考えられます。では、ライフは何でしょう。専業主婦の方は家庭に滞在する時間が極めて長いので、家庭生活がライフとは考えにくいように思われます。やはり、趣味や生きがいづくりが大事になってくるのではないでしょうか。女性心理学者の植木理恵氏（一九七五年生まれ）は、「自己時間（自分のタイミングで行動）と他者時間（他者のタイミングで行動）のバランスが崩れると、心や身体に影響が出る」と民放のテレビ番組で話されていました。専業主婦の方が、自己時間が長すぎて悩ましく感じたり、逆に介護や子育てなどの他者時間に自身が押しつぶされることなく、趣味や生きがいなどにバランスよく時間を使うことができたら、と考えています。

## (8) 被災地の人々に励まされた言葉

二〇一一年三月一一日に発災した東日本大震災は、マグニチュード九・〇、最大震度七の規模の地震によるものであり、国内観測史上最大の地震でした。その後の津波により、東京電力福島第一原子力発電所は、機器損傷で冷却機能を喪失して水素爆発等を引き起こし、放射能汚染の問題が起こりました。大地震直後の津波は、高さ（遡上高）最大三七・九メートルとなって襲い掛かり、岩手、宮城、福島三県などの太平洋岸に大きな爪跡を残すこととなりました。

発災から四日目の三月一五日に、避難所となっている岩手県陸前高田市の市立第一中学校の体育館の様子をテレビで見ました。中学生たちが、B紙に筆やマジックで大きな文字を書き、体育館の壁に張り出しました。そこには、「ガンバロー高田『命あることを喜ぼう』、ガンバロー高田『人とつながろう、心をつなげよう』」と書かれていました。体育館にいた被災者の方々も、テレビを見た被災者の方々も、そして多くの視聴者もこれに大いに勇気づけられたことと思います。

また、インタビューを受けた中学生が、「皆、家族や友人を失くしているが、一人じゃない。皆で頑張っているので、他の被災者の皆さんも一緒に頑張っていきましょう」と受け答えていましたが、この時東京に単身赴任中であった私の方が、かえって励まされているような気持ちになりました。

その月の末に私は東京での単身赴任生活を終え、家族の待つ岐阜に帰任しましたが、大震災に関連する報道は連日絶えることがありませんでした。震災後の被災者の方々の生活や、被災者の方々の心の傷などをとり上げるものが多くありました。そんな中で、被災者の方々の心のケアに関する専門家の分析が、テレビで報道されるのを見ました。「被災者は、震災のことを自ら語る、また口にすることにより、被災したことの折り合いをつけることができる。そしてそのことが精神的なケアにつながる」というような内容でした。言葉が、言葉を吐き出すことが人間の心を癒し、傷ついた人々を勇気づける作用を果たすということを、この時理解することができました。

今回の大震災は原発の放射能汚染まで惹起したことから、罹災の状態が長く続くこととなりました。自宅や農場などもそのままに、遠隔地に避難を余儀なくされた福島県の方々や、地盤沈下したままの沿岸部の復興に難渋する関係者の方々に心を痛めました。

私が所属する俳句結社「銀漢」主宰の伊藤伊那男氏は、この大震災の後に、「俳句は、今回のような罹災の渦中では何の糧になるわけでも無く無力である。しかし、復興時には、必ず心の糧になる」と。原発の放射能汚染の問題や、首都圏での電力供給不足の問題などを克服し、東日本大震災からの復興を進めていかなければなりません。心ある人々の言葉がこの支えとなり、言葉の力が人々の生きる力につながることを願ってやみません。

## ⑼「あきらめない」

二〇一一年七月一七日、ドイツで行われた女子サッカーワールドカップ決勝戦で、日本代表「なでしこジャパン」はアメリカと接戦の末勝利し、日本サッカー史上初となるワールドカップ制覇を成し遂げました。試合は、両国譲らぬまま〇対〇で前半が終了。後半二四分にアメリカが先制ゴールをあげましたが、三五分には日本は永里選手のクロスから宮間選手が押し込んでゴールし、一対一の振り出しに戻しました。延長戦では、前半一四分アメリカがゴールを決めましたが、後半一二分宮間選手のクロスに澤選手が合わせて劇的な同点ゴールをあげました。二対二で延長戦が終了し、決着はＰＫ戦に持ち込まれました。ＰＫ戦の結果は三対一で日本が勝利しました。

ＦＩＦＡ（国際サッカー連盟）ランキング一位のアメリカとは、これまで二十一敗三分けの対戦成績でしたが、同ランキングで四位の日本がこれを下し、見事優勝を成し遂げました。日本は一次リーグを二勝一敗で突破し、準々決勝では三連覇を目指したドイツを一対〇で、準決勝ではスウェーデンを三対一で破り、徐々にチーム力を高めて迎えた決勝戦でした。

試合後の選手のコメントですが、ＭＦ（ミッドフィルダー）の澤選手は、「最後まで走り続け、全力を出し切りました。最後まで絶対にあきらめない気持ちでした。」ＦＷ（フォワード）の安藤選手は、「一人一人が最後まであきらめずに戦っているので、チームのためにしっかりと戦おうと思っていました。」ＦＷ（フォワード）の丸山選手は、「震災以来、日本が苦しい状態が続いている中で、立ち上がる人の姿を見て力になったし、その力が優勝に導いてくれた。日本がひとつになって勝ち取った優勝です。」と述べられていました。

丸山選手の言葉にあるように、この時日本は四ヶ月前の東日本大震災で瓦礫の中からの復興を模索している最中であり、なでしこジャパンの優勝を果たした戦いぶりに、多くの国民が勇気をもらったことと思います。先制されても何度も同点に追い付くなでしこジャパンの選手の姿に、あきらめたくなる気持ちや、くじけそうになる心を奮い立たせ、復興へと立ち上がる強い力を得られた人も多かったのではないか、と思います。

話は変わりますが、テレビ時代劇の定番でロングランを続けた「水戸黄門」。そのドラマの一こまを思い出しました。各地を旅して回る途中に、黄門様が刺客に襲われる場面のこと。騙されて建物に閉じ込められた黄門様は、供の者と窮地に追い込まれていました。閉じ込められた部屋の天井に刃が施され、その吊天井が降りてきて黄門様たちが圧殺されようとする時に黄門様が言った言葉は、「最後まであきらめてはなりません」でした。既の所で黄門様たちは忍びに助けられ、脱出に成功します。

勧善懲悪をテーマとする時代劇の、正義は最後に勝つといった毎回のストーリーではありますが、奇跡が起こるかもしれないから、決して最後まであきらめてはならないという教えは、心に響くものがあるではありませんか。

壁に突き当たった時、絶望の淵に追いやられた時、それを克服しようとすることは、決して容易いことではありませんが、壁を乗り越えようとすること、また何としても生きようとすることは、人としてとても大切なことではないか、と思います。

## ⑽「自分のために」

二〇一〇年のNHK紅白歌合戦に、神戸出身のシンガーソングライターが初出場を果たしました。この年「トイレの神様」で大ブレークした植村花菜さんです。植村さんは神戸の街角で弾き語りをしていましたが、上京してからもなかなかその歌が認められませんでした。諦めかけていた時、自分の祖母との暮らしを歌にしようと考えるに到り、出来た歌が「トイレの神様」でした。

植村さん自身が言っています。「これまで幾つかの曲を作って来たが、ヒットしなかった。考え方を変えて、自分のために、自分が歌いたい歌を歌ってみようと思った」と。自分のこれまでの人生や祖母との思い出、そして祖母への感謝の気持ちをストレートに表現したのがその曲ですが、これが世間から大いに受け容れられました。

人の心を打つ音楽の、芸術としての本質がそこにあるように私は思います。自分のために創る、自分のために歌う、また自分のために演ずることが、その芸術と出会う人々の心の琴線に触れることがあると思います。私自身学生時代に、学業もそこそこにアルゼンチンタンゴのバンドで演奏活動をしていました。その経験から、音楽は「音を楽しむ」ものであり、演奏者が楽しいと感じながら演奏すれば聞き手も楽しく感じられるのではないか、と思っています。

スポーツでも、同じことが言えるように思います。サッカーや野球で全力プレーをし、危険は覚悟の上でアグレスィブに攻撃や守備を行う。そのひたむきさが、勝敗とは別に、人々に勇気や感動を与えるのだと思います。また、W杯やオリンピックを目指す選手が、メダルや順位を目標にする一方で、「楽しんで来たい」と口にすることが多いのも、自ら楽しむことが好結果につながると考えているからではないでしょうか。

芸術やスポーツなど文化活動では、「自分のためにする」ことが、「他人（ひと）のためになる」ということが言えるのではないでしょうか。一方、政治や経済などの活動分野では、他人（社会）のニーズを掴みそれに応えること、まさに己を離れ世のため他人（ひと）のために尽くすことが求められていますが、このことと文化活動とは明らかに異なっているように思います。

東日本大震災の後、歌手や映画俳優、またスポーツ選手の方々が被災地に入り、人々に元気を与える活動を行われました。参加した後に、「被災者の方のためにとやって来たが、逆に自分が励まされた」との感想を述べられる方が大勢いらっしゃいます。一方で、政治家や電力会社の経営陣の方々は謝罪に追われ、被災者の心を掴むのに相当苦労されていました。

「自分のために行うもの」という文化活動の一面が、この違いとなっているのではないでしょうか。私の趣味でやっている俳句や音楽（作曲）ですが、これも自分のために、今現在の自分の感動をうまく伝えることができたら、などと思っているところです。

## ⑾「谷深ければ山高し」

二〇一三年二月、大手ハウスメーカー主催の賃貸住宅に関する設計コンペで、東京の大学院生の息子とその友人が最優秀賞を受賞しました。私の息子のことで、これを書くこと自体憚られますが、あえてその受賞の意味について考えてみたいと思いました。

今回の設計コンペでは、「風景をつくる賃貸住宅―都市郊外の街並みを変える新しいかたち」をテーマに応募があり、そのうち上位六位までの受賞者の内訳は、大学院生五名、大学生四名、設計会社員一名と、学生中心の応募状況でした。審査委員長の建築家によると、「今回風景ということをテーマにコンペを行ったところ、個人の生活のある部分を開くということで風景をつくっていく『住み開き』という提案が多くあったが、建築そのものがつくりだす風景ということも考えていかなければならない」との講評がありました。一位の作品には、その要素が含まれているとのことでした。

今回多数の設計応募者の中から一位に選ばれたということは、本人にとってはとても大きなことでした。授賞式のあった翌週に上京したおり、東京のアパートに住む息子を訪ねました。受賞のお祝いを伝えると、一位になるのは、生まれてはじめてのこととの反応でした。

株式相場に関する格言に、「山、高ければ谷深し　谷、深ければ山高し」という言葉があります。株価の天井が高くなれば、その後の下げはきつくなり、底値の持ち合いが長ければ、その後上昇する際のエネルギーは大きくなるという意味です。株式相場の自律的な反発の大きさは、格言に示されるとおりの自然の摂理と同じであって、行き過ぎたものにはそれなりの反動があるから、冷静な判断が必要と警鐘を鳴らす内容の言葉です。

授賞式の後しばらくして、以前お世話になった先生に会う機会がありました。先生に今回の最優秀賞受賞のことを伝えると、「底を経験したからこそのこと」との言葉が返ってきました。どん底を味わった者だからこそ、その時蓄積したエネルギーが今回の高みに登る力となったのでは、という意味のことでした。

「谷深ければ山高し」。自然の摂理に謙虚に向かい合い、日々の精進を重ねていくことが大切なのでは、と思いました。

## ⑿ お礼の言葉

二〇一三年梅雨入りして間もない頃、娘の結婚を三ヶ月後に控えた我が家は、一泊二日の家族旅行に岐阜から箱根へと出かけました。東京にいる大学院生の息子も合流し、親子水入らずの一夜を過ごすのが目的でした。

ただ、これには一つ問題がありました。この年の春に米寿を迎えた同居の父をひとり自宅に残して行けるかどうかです。あれこれ悩んだ末、地域の包括支援センター相談員に相談して、一日目の夕食と二日目の昼食を賄うためのお手伝いさんを、家政婦紹介所から派遣してもらうことにしました。前日までにはその手配をし、妻と娘と三人で予定通り旅行に出掛けられました。

新宿から小田急線で駆けつける息子とは、箱根湯本で合流しました。駅近くの中華料理店で食事をし、登山電車でいよいよ箱根の宿へ向かうことにしました。
宿への途中、森の中の美術館で東西の絵画コレクションを観て、強羅地内にある宿へ直行しました。それは、箱根では比較的古い湯宿です。夕食は、掘りごたつ式の個室で戴きました。子供たちを上座に、妻を下座の奥に座らせ、早速ビールで乾杯しました。「結婚が決まったこと、本当におめでとう。そして、母さんにはこれまで色々支えてもらって、ありがとう。」普段、私があまり口にしないお祝いとお礼の言葉でした。

家族旅行をしたのは、その十二年前娘が高校一年の時北陸へ出掛けて以来、と昔を思い出しました。「私が結婚すれば、弟の将来の負担が一つ軽くなる。」と娘は言いました。姉が弟に骨を拾わせることは無くなった、というのです。この日は、それくらいで夕食の食事処を引き上げました。

その後父の様子が気になり、自宅に電話しました。特に問題は発生していませんでしたが、父は不安そうな声でした。そして、旅の疲れからか、温泉に浸かって皆早々と寝てしまいました。翌朝、息子は、翌日の研究室での発表準備があるからと、食事をしたらそのまま東京へ帰ると言います。そこで、食事の前に宿の玄関先で記念写真を撮ることにしました。その写真は、今も私の書斎に飾ってあります。

二日目は、予報外の好天に恵まれたことで、前日より壮快でした。妻の希望で、マイセンの陶磁器美術館を楽しんだ後、ロープウエイで標高千メートルを超える大涌谷を目指しました。到着直前の眼前に、嶺の雪がほとんど溶けた富士山が現れ、車内の乗客から歓声が上がりました。駅を降りてからも、いわゆる「皐月富士」を眺め続け、写真を何枚も撮りました。娘は世界遺産に登録されようとしている富士山を間近に拝むことが出来たことに、妻ともども大満足の様子でした。

この後宮の下まで下り、老舗ホテルでビーフカレーを食べて、私たちは帰途につきました。帰宅すると、父はお手伝いさんの対応により概ね予定通りの食事をし、特別大きな問題はなく二日間を過ごしていました。一同一安心でした。この体験が、三か月先の娘の結婚式の日の対応に活かされることを、私たちは願いました。

こうして、今回の我が家の家族旅行は概ね成功裏に終了しました。娘を嫁に出す私たちは、この翌年の五月には結婚三〇年を迎えるのですが、是非夫婦で記念旅行に出掛けたいと思いました。娘が言いました。「その時は、私が実家に泊りに来てあげてもいい」と。祖父の面倒を一晩くらいなら見てもよいから、真珠婚式の記念旅行に両親を行かせてやりたいという気持ちから出た、娘のお礼の言葉でした。

今回の家族旅行は、離れて暮らす家族の距離を、また結婚して授かった我が子が、はや結婚目前という二九年間の家族の時間を、一気に縮めてくれるものでした。それはまた、普段なかなか言えない言葉をかけあって、家族の力を再認識させてくれるものでもありました。何よりも娘のお礼の言葉は、私の宝となりました。それを引き出してくれたのは、他ならぬ旅の力ではなかったかと思います。

## ⒀「なんくるないさ」

沖縄の風土や人の生きざまに惹かれるところがあり、調べていたら「なんくるないさ」という言葉に出会いました。そこで、この言葉を冠した本を二冊読むことにいたしました。

一冊は、『ハイサイおばあ！　沖縄・農連市場のなんくるないさ人生』（二〇〇七年七月　竹書房刊）。著者は岐阜県出身の松井優史氏（一九六八年生れ）、内容は那覇市の開南にある農連市場で、野菜や果物を売る高齢の女性たちへの取材記録です。早くに夫を亡くした人、戦争で長男を亡くした人、小さい時に親戚に預けられて殴られるなどつらい体験をした人たちです。過酷な人生を送りながら、明るく、逞しく生きる「おばあ」たちの体験談を取材し、その様子を伝えています。筆者は、沖縄の抱える諸問題の根深さを感じながら、「おばあ」たちの生きざまの背後にあるものを探ろうとします。一部を紹介いたします。

「主人が助けに入って逆にやられたんさね。それだけでも救いじゃない！人を傷つけてないから。安心、ホッとした。」

「沖縄の人は、戦争で子どもを亡くしたことを『いなくなる』と言う。・・・母親として、きっといつか戻ってくるという、希望、願望を込めての言葉ではないのか。」

「キクおばあは、・・・殴られても蹴られても罵られてもまえを見ていた。まえにはいつも沖縄の海があったからだ。・・・屈託のない明るさは、一体どこから生まれてきたのだろう。きっとキクおばあはこの島を愛し、この島もキクおばあを愛している。これだけで何も言うことはないんじゃないか。」

もう一冊は、よしもとばなな氏の『なんくるない』（二〇〇四年一一月　新潮社刊）。四編収録されたうちの一編の小説の題が『なんくるないさ』です。夫と理解しあえず離婚し、東京での生活にいや気が差した主人公の女性が、気分転換を求めて沖縄へ旅立ち、沖縄の自然やそこで出会った人から自分を取り戻す、といった内容です。ここでも、沖縄の風土が主人公の心を解放し、癒すものとなっています。主人公がそこで出会った男性と恋に落ちていくシーンで、「ちょうどいい・・・なんでも、なんとかなる、どうにかなる感じがした。」と描写されています。

「なんくるないさ」とは、挫けずに正しい道を歩むべく努力を続ければ、いつか良い日が来るという意味、あるいは、「なんとかなるさ」と己を鼓舞する沖縄県民の精神性を表す言葉、などの解説を見つけました。

二冊の本を通じて感じたのは、「なんくるないさ」という言葉を生み出した沖縄の風土です。豊かな海や眩しい太陽、おいしい食べ物といった自然条件などが、そこに住む人々の気質に影響を及ぼしているのではないかと思います。単に楽観的に生きるというのでもなく、自然災害も多く、ましてや悲惨な戦争体験を抱えればこそ明るくポジティブに生きる、そうした術を身につけている沖縄の人々の強さの一端を、垣間見たように思います。

「なんくるないさ」と口にして見ると、三〇年以上前に新婚旅行で行ったあの沖縄の海の碧が甦って来ます。「なんくるないさ」と口遊めば元気をもらうことしきりです。

## ⒁「珍しきが花」

室町時代に能を大成した人物として知られる世阿弥は、能楽書『風姿花伝』を著しました。その第七　別紙口伝に、「珍しきが花」ということを書いています。能の評論家でもある土屋恵一郎氏（一九四六年生れ）によると、世阿弥は能にとって最も大切なものを「花」という言葉で象徴したが、それは、「新しいこと」「珍しいこと」である、とされています。人気に左右される芸能の世界で勝つためには、常に新しいもの、珍しいものをつくり出していくことが大切であり、たとえ繰り返し演じられる演目であっても、今日は違うなと思わせるものがなければならない、と説明されています。

土屋氏はさらに、「珍しきが花」というのは、アメリカの経営学者ピーター・F・ドラッカー（一九〇九年~二〇〇五年）が提唱するイノベーションと全く同じものであり、一からの創造だけでなく、物事の新しい切り口やとらえ方を創造することも革新である、と述べられています。ビジネスの世界でも、常に新しい価値を創造する取組みがないと事業は停滞し、組織は活力を失ってしまうということではないでしょうか。土屋氏によると、世阿弥が能の世界に天女舞などの芸能を取り入れたのはマーケットで勝つためであり、人気のある芸能を取り入れて、自分なりにアレンジして新しい形に仕立てて打ち出すことの大切さを指摘されています。そして、能がなぜ六〇〇年も続いてきたのかと言うと、それは世阿弥が言い当てた「珍しきが花」という核心を脈々と受け継いで、止まることなく創造を続けてきたからにほかならない、と述べられています。

我々の私生活でも、新しさを求めることはたくさんあると思います。外食する際、今まで行ったことのない新しい、珍しいお店を一所懸命探します。衣装にしても、流行を追いかけるほどではなくとも、色んなタイミングで、新しい色や柄を身に着けようと買い求めます。住居の建て替えはしょっちゅうできるものではありませんが、時々居間やキッチンの家具の買い替えや、壁や襖の模様替えなどを行ったりします。

新しさに触れると、気分が一新され、活動が活発となります。「新しい」という価値が、社会生活であれ、私生活であれ、積極的な行動につなげる動機付けとなるのではないでしょうか。

「不易流行」とは、俳諧についての芭蕉の言葉です。芭蕉の弟子向井去来の俳論『去来抄』に、「不易を知らざれば基立ちがたく、流行を知らざれば風新たならず」とあります。普遍的な俳句の基礎を学ばないと俳句は作れない、しかし、時代の変化に沿った新しさも追及しないと陳腐な句しか作れない、と教えています。時代が変わっても旧来の法則に囚われていると政府も企業も衰退してしまう、一方、変えてはいけないものを変えてしまうと組織は滅んでしまう、ということだと思います。

※　参考資料　NHK一〇〇分de名著『風姿花伝』世阿弥　土屋惠一郎著　二〇一四年一月NHK出版刊

## ⒂「一段一段」

二〇一四年二月八日に行われた冬季ソチ五輪女子モーグル競技決勝で、日本の上村愛子選手は、前回のバンクーバー五輪と同じ四位入賞に終わりました。一八歳で初出場の長野五輪（一九九八年）では七位、二〇〇二年のソルトレークシティでは六位、二〇〇六年のトリノでは五位、そして二〇一〇年のバンクーバーで四位。このバンクーバー五輪の決勝後出た言葉が、「なんで、こんなに一段一段なんだろう」でした。

今回のソチでも四位でメダルを逃しましたが、彼女は「メダル取れなかったけど、すごくすがすがしい気持ち」とインタビューに答えていました。今回のソチでの決勝の滑りは、「ちゃんと攻められた」「いい滑りが出来て良かった」「これまでのような、もう少し頑張れば越えられたんじゃないかという壁が今回はない」と納得のいく会心の滑りだったと本人が認めています。全力を出し切った満足感が伝わってきました。本人も、メダルがとれなかったことは悔しいが、「五輪は本当に楽しいところ。悔しい思いも苦しい思いもするけれど、ものすごく自分も成長する最高の場所」と述べられています。


上村選手の夫で、アルペン選手の皆川賢太郎氏が今回の競技後に述べられていました。「過去の四大会は、他人のための五輪だったのが、今回は自分のためだった」と。ソチ五輪に向けてやるべきことをやり尽くし、そしてそれを成し終えたという達成感から、メダルの有無とは別に、すがすがしい気持ちになれたということではないでしょうか。

上村選手は、前回のバンクーバー五輪の後、一年ほど休養したそうです。そして、二〇一四年のソチ五輪本番に向け、全力で準備をしたのだと思います。メディアからは、「一度立ち止まったことで力が抜けた」と評されていました。

努力して結果が出ないことは、よくあることだと思います。その時、やはり努力が足りなかったと思うかは、個人差はあるにせよ、実際積み重ねた努力の多寡によるものかもしれません。目標を持ち、それに向かって努力するのが人間だと思います。「五輪でメダルを」という目標を自らに課し、日々の厳しい練習や、生活面での自己管理に耐えていく、結果、目標は達成できなくても、やるべきことをやり尽くしたのだから悔いは残らない、ということなのでしょう。

人の成長も「一段一段」。上村選手は、今回もう一段を上がることができませんでしたが、それ以上に人間として大きく成長されたのだと思います。夢をもって努力を続けたこと、本番に力が出せるよう自らをコントロールできたこと、そして何よりも、応援している多くの市民に感動を与えられたことが、その証拠だと思います。

今回の上村選手のことで、日常のことについて目標設定が正しいか、まだまだやり足らないことはないのか、また自分をしっかりコントロールできているか、など考える機会となりました。ベストの結果は得られなくとも私たちに勇気を与えてくれた五輪選手に、感謝の気持ちで一杯です。

## ⒃「意味のない命などない」

二〇一四年六月、ＮＨＫの番組「プロフェショナル」で、私の暮らす岐阜市の病院に勤務する産科医が紹介されました。この医者は、産科診療所の家に生まれ、自身もその道を歩みましだが、現在岐阜市にある病院で治療が難しい患者を多く受け入れ、数々の命を救っているとのことでした。

特に、胎児の成長段階での異常を手術で治す「胎児治療」の第一人者と紹介されました。羊水が足りない胎児に、胎盤に針を刺して羊水を補給する技術や、そして何よりも出産に不安を抱える患者と向き合い、超音波診断による高い診断技術により患者の出産を成功に導く優れた眼を持たれているとのことです。

その医者の言葉は、患者に安心感を与え子供を産む勇気を育んでいるとのこと。「意味のない命など、一つたりともない」と言い切るその言葉は、落ち着いていて自信に満ちています。不幸にして一〇分で亡くなった命でも、その夫婦には大きなものを残していると言います。生まれてくるその時までの日日は、その命と向き合い語り掛けてきた親にとってかけがえのないものであった、ということでした。

ところで、幕末の儒学者佐藤一斎は、「天何の故にか我が身を生出し、我をして果して何の用にか供せしむる。我れ既に天の物なれば、必ず天の役あり」と述べています。（『言志録』第一〇条）自分は天（神）が創造された物であるから、必ず天によって与えられた役割というものがある。その役割必ず果さなければならない、という教えです。※　全ての人は、自らの意思ではなく、自然の力によってこの世に送り出されて来た存在であるから、必ずやその人にしかできない役割や仕事というものがある、というものです。

この一斎の言葉も、命を大切にしようという教えであるとともに、一人一人が十分自覚して、社会でその役割を果していこうではないかと諭しているものだと思います。生きることがつらかったり、生きにくい世の中であると感じる人は少なくないと思いますが、一斎のこの言葉に、大きな勇気をいただいています。

前記の産科医の言葉も同様であると思います。一つ一つの命を大切にしよう、という考えなのです。「意味のない命などない」。せっかく与えられた命なのですから、目いっぱい生きていこうではありませんか。人として、社会に何か役に立つ存在として。

※　参考資料：『幕末の大儒学者「佐藤一斎」の教えを現代に』二〇一七年九月　堀江美州著

ブイツーソリューション刊

## ⒄「アイ・ラブ・ユーふくしま」

二〇一四年八月一六日、岐阜県中津川市加子母にある地歌舞伎小屋「明治座」で、東日本大震災・福島復興支援コンサートが開かれました。福島県は、二〇一一年三月の福島第一原子力発電所事故により放射線量が高く、福島県の小中学生約一〇〇名が、夏休みの期間を利用して七月二〇日から三〇日間、放射線量の低い地域へと、加子母を選んでキャンプを行ったのでした。このリフレッシュキャンプは、この年で四年目。子どもたちの心のケアを行いながら、森林体験活動や学習支援などを行うもので、名古屋の一般社団法人が企画し、学生ボランティア約五〇名の参加を得て実施されるものです。

地元加子母の企業、行政の関係者も趣旨に賛同し、このキャンプを支えています。リフレッシュキャンプ終盤のコンサート当日は、大雨警報が発令される中、子どもたち、学生ボランティア、地元関係者をはじめ二〇〇名近くの人が「明治座」に集まりました。

コンサートは、まず私の妻順子（元名古屋フィル団員）のバイオリン演奏でクラシックを三曲。二番手は、シンガーソングライターが歌を四曲。福島の子どもたちのダンスを挟んで、三番手は二人組音楽グループがオリジナル曲を四曲演奏しました。

この後、続いて福島復興支援ソング「I love you & I need you ふくしま」(作詞・作曲:山口隆　編曲:猪苗代湖ズ)を、この日の演奏者全員が舞台に立ち、福島の子どもたちもステージに上がり、大きな声で歌いました。さびの部分は、I loveyou I need you I want you と「ふくしま」を称え、「ふくしま」が大好きと歌い上げます。

このさびのフレーズが何回も、何回も繰り返されるのです。会場は「ふくしま」の大連呼となりました。福島の子どもたちも、学生ボランティアも、そして「明治座」の地元加子母のサポーターの方々も。

「ふくしま」の復興支援ソングは、この歌のリフレインに乗って会場の人々の心を一つにして行きました。

今回のコンサートは、福島の子どもたちを支える避難キャンプのひとこまであり、福島の子どもたちを勇気づけるためのイベントでした。子どもたちは、鬱積したエネルギーを爆発させるかのごとく、あらん限りの声で歌いました。会場では感極まって涙ぐむスタッフもいました。この日、この歌にある言葉「ふくしま」は、何度も唱和され、人々に明日への勇気と力を与えるものとなりました。

## ⒅「神さまのポケット」

ノートルダム清心学園元理事長の渡辺和子氏（一九二七年～二〇一六年）は、著書『置かれた場所で咲きなさい』（二〇一二年四月　幻冬舎刊）の中で、「神さまのポケット」に入る、ということを書かれています。辛い仕打ちを受けても相手に微笑みを返すことは二重に損だとは思わず、その微笑みは「神さまのポケット」に入ったのだと考える。すると例えば、東日本大震災での被災者に手を差し伸べる人が現れれば、それは私が「神さまのポケット」に入った結果だと考え自らを納得させるという趣旨のことを、生前の渡辺和子氏はＴＶ番組の取材で述べられていました。

自分が徳を積めば、その徳の力が回り回って誰かを助けることになる、といった因果応報の考え方がそこにあります。かつて、仕事で知り合った方から聞いた話があります。その方は、「自分の子どもが二人いたとして、二人とも結婚できるには、親である自分が二組以上の方々の結婚のお世話をしないといけない」と言って、お見合いの世話をせっせとやられていました。何年も経った頃、その方のお子さんは結婚され、今は孫にも恵まれている旨のお話をお聞きしました。

善因善果、悪因悪果とは仏教の教えですが、修道女としての道を歩まれ、一九九〇年三月までノートルダム清心女子大学の学長を務められたクリスチャンである渡辺和子氏が、同様の考えを示されていること自体興味深いことです。二〇一二年発売された前記著書は、二〇〇万部を超えるベストセラーとなりました。

ところで、「神さまのポケット」は何処にあるのでしょうか。自分の心の中にある、というのが正解ではないかと私は考えています。そのポケットは、想像の翼を持っていて、ポケットに入った美徳を遠く離れた人々に届け、その人々をして善行を為さしめる、というものではないでしょうか。

人に誇示することなく善行を重ね、徳を積むことができたなら、これを貯金としてその後の人生を豊かな気持ちで送ることができないものか…。いやそのように努めよう…、という気持ちを私は今も持っているつもりです。

## ⒆ 歴史上の人物から力を

二〇一五年の二月八日に、東大阪市にある司馬遼太郎記念館を訪れました。二月一二日は司馬遼太郎氏の命日で、「菜の花忌」と呼ばれています。駅からの街の導線に沿って、そして記念館の入口に向けて、菜の花が育てられていました。

安藤忠雄氏の設計によるこの記念館は、司馬氏が亡くなられた五年半後の二〇〇一年一一月一日に、司馬（福田）氏の自宅に隣接して開館しました。自宅に保管されていた約六万冊の蔵書の内二万冊が、高さ一一メートルの湾曲した壁の巨大な書架に展示されています。大書架の奥から採光が、静かでほの明るい空間を創り出し、「何かを感じ考える時間」を来館者に提供していました。

司馬氏が亡くなる八年ほど前の一九八八年に、「小学国語」六年下として執筆された「二十一世紀に生きる君たちへ」の中で、氏は歴史上の人物について次のように述べられています。「歴史の中・・・には、この世では求めがたいほどにすばらしい人たちがいて、私の日常を、はげましたり、なぐさめたりしてくれている・・・だから、私は少なくとも二千年以上の時間の中を、生きているようなものだと思っている」と。

『国盗り物語』の斎藤道三、織田信長そして明智光秀。『項羽と劉邦』の、秦の末期に天下を争った両氏。『龍馬がゆく』の、幕末の英雄坂本龍馬。『坂の上の雲』の、明治時代を生きた秋山好古、真之兄弟と、真之の親友正岡子規などです。

司馬氏は、これらの作品を執筆する過程で、登場させる人物について、膨大な資料からその歴史、地理や人間関係を掴みとる作業を行いました。記念館に隣接して、外から覗き見ることのできる司馬（福田）氏自宅の書斎があり、そしてその奥には膨大な資料文献が保存されているのですが、氏はその書斎で毎日歴史上の人物と向かい合い、その魅力を感じ取って歴史小説として世に出してきました。

資料文献に記録が無い部分は、歴史小説ゆえに、逞しい想像力を働かせることで小説に仕立て上げていきました。その作業を通じて氏自身の歴史観、人間観が紡ぎ出されていったのですが、何よりも氏自身が、その歴史上の人物を描き出すことから励まされたり慰められたりした、と述懐しているのです。

司馬氏の趣味は一日書斎で資料文献を読むことであった、とのビデオ紹介が、記念館内で流されていました。歴史上の人物から人間の生きざまや国のあり様などを学び、その歴史上の人物から学んだことの数々を小説として世に知らせる、これが氏の行った生涯かけての仕事であり、後世に残した素晴らしい功績であったと思います。

社会に働きかけようとする過程で、優れた、魅力ある人物と出会うことがあります。これは、必ずしも歴史上の大人物ばかりではありません。地域社会やビジネスの世界でも、自分がそうした人物から、日常を励まされたり慰められたりすることがあります。そうした人の中から、将来歴史上の人物として後世の人々にも勇気を与える方が現れるのではないか、と考えています。

今回、歴史上の人物が発した言葉そのものではなく、そうした人物を世に広めた執筆家の業績に、大いに心を惹かれたことでした。

## ⑳　親を養う心

二〇一八年七月に我が家の墓を改修し、その年の一月に九十二歳で亡くなった父と、一九九六年に六十九歳で亡くなった母の骨を納骨しました。我が家の墓には収骨スペースが無く、母の骨は菩提寺に二三年間安置されていたのですが、父が亡くなったのを機に墓に収骨室を設け、両親揃って我が家の墓に安置することに致しました。

墓の改修を終えてお性入れをし、納骨を行った際に、次の詩が浮かびました。

納骨

炎天墓石叢茫茫
父母永眠大河辺
歳歳深思其功徳
後世願養親心育

炎天の墓石は叢茫茫とす。父母は永眠す大河の辺に。歳歳深く思う其功徳を。後世に願う、親を養う心の育たんことを。

幕末の儒学者佐藤一斎が、「養親」について述べています。「子として親の面倒をみなければならない理由がわかれば、自らわが身を大切にしなければならない理由を知る。自分の身を大切にするわけがわかれば、人を大切にしなければならない理由がわかる」(『言志晩録』第二七三条　拙著『幕末の大儒学者「佐藤一斎」の教えを現代に』より)と。自分は親から生まれた存在なのだから、親を大事にすることは自分を大切にすることに通じる。自分を大事にすることを学べば、他人を大切にすることを知る。何故なら、他人もその親から生まれた大切な存在なのだから、ということになるわけです。

子の親との関係は人様様であり、親を大切に思うなんてとてもできない、という方もいらっしゃるかも知れません。私自身、親を亡くしてはじめて親に感謝する気持ちが高まった一人なのですから。

佐藤一斎の言葉を敷衍すれば、親を養うことを理解することで己を大事にし、その結果他人をも大切にする。これにより、世の中から人を傷付けることが無くなっていきます。殺人も、自傷行為もしてはいけないと気づかされるわけですし、戦争をして人の命を奪ってはいけない、という極めて基本的なことに気づかされるのです。

## ㉑「断捨離」

最近「断捨離」と称して、身近にある物でいらなくなった物をゴミに出すことが盛んになっています。住まいが狭いという理由もあるのでしょうが、「終活」の流行とともに、早めに遺言を用意したいあるいは身辺を整えておきたいと願う人々の気持ちの現れのように思います。我が国は少子社会に突入しましたが、年金の受け取りもままならない次世代の子どもたちに、できるだけ負担をかけさせたくないという親心が働いているのかも知れません。

私は、一九九六年六月に母を亡くし、二〇一八年一月には施設での二年の介護を経て父を亡くしました。母は趣味として陶芸を、父は同じく絵画を嗜んでいたことから、遺品として多くの作品が同居の我が家に残されました。私は、父を亡くした六十一歳のこの年に自宅の建替えを決断し、遺品整理と併せて自宅の片づけを始めました。母の陶芸約二五〇点と父の絵画約七〇点を写真に収め、デジタルアーカイブを作りました。新築の我が家には、これら作品の一部を父母の遺作として紹介する展示スペースを設けることと致しました。

ところが、家の中を整理し始めると、父母が捨てずに残していった不要品が大量に出て来ました。私や姉の小中学校の成績表をはじめ、前の住家にあった掛け時計や電球の傘など、もはや使えない物がそのまま大量に残っているのです。どうして、今の自宅に引っ越した時や、母が亡くなった時に処分できなかったのか、と父母を恨むような気持になりました。

それから、市のゴミ出しのルールに基づき、売却できる物はリサイクル業者に売却し、その他の不要品は市の粗大ゴミセンターへ搬出するなど、少しずつ処分することを始めました。

自宅建替え前の計画的な「断捨離」の実行です。これらの作業を続けるうちに、私はあることに気づきました。父母が残した不要品処分の作業を始めると、こんな面倒で厄介な仕事を何で子供に残したのかと怒れてくる一方で、これらを個々に処分する頃には、不思議と清々しい気持ちになるのです。果たしてこれも「断捨離」の効用なのだろうか、などと考えました。父母の負の遺産を背負ったという邪念が、不要品を処分する行為により払拭されていくのを感じました。そして親を怨むような複雑な気持もきれいに流されていくのを感じました。

自宅の建替え計画には、仏壇の小型化も含まれています。また、父母が密植した庭木は一部を残し、風通しの良く日当たりの良い庭に改造する計画です。父は遺言で、汗の結晶ともいえる財産を大事にしてほしい旨を書き残していました。その遺産の一部を活かして、時代に合った合理的で快適な自宅に建替えることも、父母には申し訳ない気持ちもあるのですが、残された遺族の務めであるようにも思うのです。

「断捨離」というと、物への執着から離れ、自分で作り出している重荷から解放されることとも言われますが、それは己がためであるとともに、子や孫のためでもあるのではないでしょうか。何より、そこに住まう人間が自然と共生する合理的な空間づくりのためのものだと思うのです。

## ㉒「人を残すは上」

「財を残すは下、事業を残すは中、人を残すを上とす」とは、プロ野球選手としても、また監督としても大きな実績を残し、二〇二〇年二月一一日に亡くなった野村克也氏が好んで述べられていた言葉です。また、大正一二年の関東大震災復興に尽力した政治家後藤新平の言葉とも言われます。野村氏は現役時代に、三冠王を一度獲得したのみならず、通算本塁打、通算打点などで歴代二位の記録を樹立しました。氏の評価は、むしろ現役引退後、ヤクルト、阪神、楽天で監督に就任し、ヤクルトではＩＤ野球を実践して三度日本一に輝くとともに、現役で躓いた選手を蘇らせて「野村再生工場」などと評されたことにあると思います。

この野村氏が長年力を注いだのが、人材育成ということでした。氏は選手に対し、「データ野球」という考える野球を求め、選手がそれに応えて結果を出して行ったのです。守りの面では、バッテリーが打者のデータから癖などを見抜いて配球する、攻撃の面では、相手ピッチャーのデータから投球パターンを読み取り、カウントから配球を予測して安打につなげるなど、試合に勝つためにデータを重視することを選手に教え続けたのです。また氏は、ミーティングでは選手に対し、野球のことよりむしろ社会のことや人生について教えたといいます。親に感謝する心のある選手は、「もっと上に行くんだ」という意欲を持ち続けることで成果を上げることができる、と親への感謝の大切さを教えたそうです。

野球界で成功し、財も成し、記録も残した氏が最も強く望んだのは、後の野球界をリードする人材を育てて残すということだったのでしょう。私は三七年勤めた県庁を退職後、県社会福祉協議会で県福祉人材センターの仕事を五年間させて頂きました。介護・福祉の人材不足は近年とみに深刻となっていますが、無料職業紹介所として事業所からの求人に対し転職者や新卒者などの求職者を紹介する仕事をはじめとし、県内社会福祉事業所の職員向けに各種研修を行うなど、福祉人材の確保・定着、育成の仕事を行いました。二〇一八年度には、一六名のセンター職員のうち五名が退職し、離職率が30％超に急騰する事態が発生しました。その時、人様の事業所の離職問題に助言する立場の自分が、己が務めるセンターの人材マネジメントができなくてどうする、と猛省しました。そして人材確保の仕方の工夫や、人材定着に必要なものについて学んで実践に移し、少しずつ改善を図りました。

センターでは福祉サービスの仕事に就いた人が、その道でキャリアアップを図るキャリアパス研修や、福祉現場でのスキルアップを学ぶ課題別研修などを行っています。これら研修の特長は、異分野である高齢福祉、障がい者福祉、児童福祉などの各分野の職員が交じってグループワークを行うことで、他分野の考え方や取組に刺激を受けて、自らの仕事に新たな気づきが得られることなのです。受講生に、何が大切か何が必要かを考えさせるものであり、野村氏流の考えさせる取組の手法と言えるでしょう。そして、グループワークの最後には、グループ内の仲間に「アドバイスシート」を書いて交換するのです。これは、全国社会福祉協議会が開発したキャリアパス研修の一手法ですが、研修のグループワークの中でお互いの仕事の状況やその課題を共有した上で、お互いの長所を褒めたり足りない点を助言したりするものです。同じ社会福祉を志す者同士、ここでの仲間からの励ましは自らの仕事のエンパワーメントにつながるもので、交換したアドバイスシートは研修受講者の「宝物」だ、との声が聞かれます。

社会で仕事をする人たちが、社会に恩返しできるようになるよう、人を励まし育てることが如何に大切なことかと思うのです。「人を残すは上」というのは、有能な人材を育てて残せたなら、その人材が良い仕事をして、社会に豊かな実りをもたらすとともに、その人に刺激を受けたその後の人材がまた良い仕事をする、という人材育成の好循環に着実につながるからだと思います。人を残すことが、財や事業を残すことより価値があるというのは、こうした意味からだと思います。人を育てることは、一朝一夕にできることではありませんが、私も残りの人生において、一人でも多くの有為の人材を育てていきたいと願っています。

# あとがき

令和二年一月に始まった新型コロナウイルス感染症は、世界中を席巻し、二年半以上経った今もなお収束に至らず、人々はリモートでコミュニケーションをとるなど、生活様式の変化をもたらしつつあります。また、令和四年二月に始まったロシアのウクライナ侵攻も、未だ収まらない状況が続いています。この軍事侵攻は、エネルギーや生活物資の高騰を招くばかりか、我が国の防衛問題に影を落としています。これらの問題は、現在の我が国の少子社会をより深刻なものにしかねません。子どもの出生数が激減しているほか、賃金の上昇無き物価高騰、赤字国債増発による将来世代の負担増の懸念などから、結婚して家族を持とうとする若者が減少しつつあります。

岡山県北東部にある奈義町では、令和元年の合計特殊出生率が二・九五と上昇したといいます。その要因には、子どもの医療費無償化をはじめ保育料の軽減、小中学校の給食費補助や教材費の無償化など、若い世代の不安をなくし、子どもを産み育てようと思える町づくりがあるようです。小規模な自治体だからできる取組みもありますが、大切なのは人々の不安を除去することだと思います。

本書の第二章では、我が国の将来を担う若者をはじめ、閉塞感を感じる多くの方々に、いささかでもこの不安の除去につながればと、「言葉の力の復権をめざして」と題し、二一本のエッセイをもって言霊ともいうべき「言葉の力」をお届けすることに務めたつもりです。本書の第三章は、自分と家族の歩みを踏まえて綴った二二本のエッセイから成る「言葉の力」の体験談となっています。私は昨年三月末に六十五歳で職を退きましたが、それまでの間の自分の心情を本書に託しています。一人でも多くの方に共感いただければ幸いに思います。

この本にまとめた六十六本のエッセイのうち、「俳句のチカラ」をはじめとする十本は、私が所属する俳句結社「銀漢」及び「和」の俳誌や銀漢句会の句会報に掲載されたものを書き改めたものとなっています。この「言葉の力」のエッセイ集を生むきっかけとなり、またそれを育んで下さった俳句関係の方々に、厚くお礼を申し上げたいと思います。最後に、長年にわたり私を支え続けてくれた妻に心から感謝し、ここに筆を置くことといたします。

令和五年一月吉日

## 堀江美州

昭和三十二年（一九五七）生まれ。佐藤一斎研究家。県立岐阜高校、早稲田大学政経学部卒業後、岐阜県庁に入庁。本名　堀江誠。美州は、美濃の国出身という意味の俳号。岐阜県で、秘書課長、岐阜県後期高齢者医療広域連合事務局長、総合企画部次長（少子化対策担当）、東京事務所長、出納事務局長等を歴任。平成二十七年四月から一年間、岐阜県図書館副館長を拝命。平成二十九年四月から五年間、岐阜県社会福祉協議会で、岐阜県福祉人材総合支援センター長を務める。

俳誌「銀漢」同人。「和」副主宰。俳人協会会員。主な著作として、『幕末の大儒学者「佐藤一斎」の教えを現代に』（ブイツーソリューション）、また『地平線』、『長良川彩色』、『平成西美濃音頭』、『感じてふくし』といった作詞作曲作品がある。


# 暮らしを支える言葉の力

生きづらさを感じる方へ捧ぐ

二〇二三年五月三十日　初版第一刷発行

著　者　堀江美州

発行者　谷村勇輔

発行所　ブイツーソリューション
〒四六六・〇八四八
名古屋市昭和区長戸町四・四〇
電　話　〇五二・七九九・七三九一
ＦＡＸ　〇五二・七九九・七九八四

発売元　星雲社（共同出版社・流通責任出版社）
〒一一二・〇〇〇五
東京都文京区水道一・三・三〇
電　話　〇三・三八六八・三二七五
ＦＡＸ　〇三・三八六八・六五八八

印刷所　藤原印刷





ISBN978-4-434-31852-8